껍데기

껍데기

© 이재호 2023

초판 1쇄	2023년 5월 27일		
지은이	이재호		
출판책임	박성규	펴낸이	이정원
편집주간	선우미정	펴낸곳	도서출판 들녘
기획이사	이지윤	등록일자	1987년 12월 12일
편집진행	이동하	등록번호	10-156
디자인진행	하민우	주소	경기도 파주시 회동길 198
디자인	고유단	전화	031-955-7374 (대표)
편집	이수연·김혜민		031-955-7384 (편집)
마케팅	전병우	팩스	031-955-7393
경영지원	김은주·나수정	이메일	dulnyouk@dulnyouk.co.kr
제작관리	구법모		
물류관리	엄철용		

ISBN	979-11-5925-780-3 (03810)

고블은 도서출판 들녘의 장르문학 브랜드입니다.

껍데기

이재호 장편소설

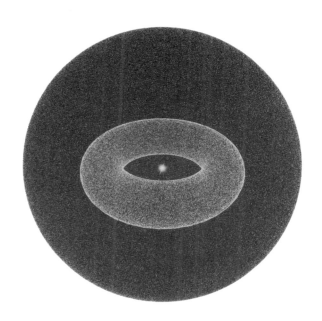

goble

차례

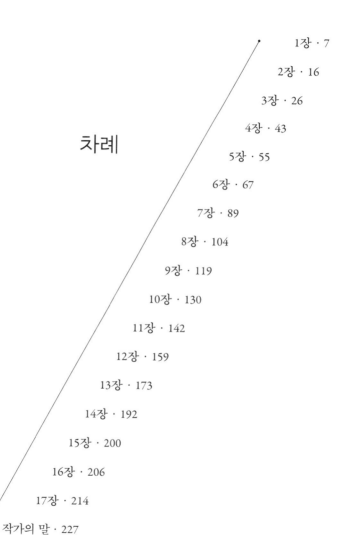

서울 시간으로는 오후 세 시였다. 여느 때 같으면 거실 한 편, 횟대를 시계추처럼 오가며 버둥거리는 유황 앵무새 앵두에게 아이들이 간식으로 껍질 깐 아몬드를 잘게 썰어 주거나 홀로스크린 너머로 보이는 달 기지의 남편과 커피잔을 홀짝였을 텐데. 지구 시간을 먼저 떠올리는 버릇은 어쩔 수 없었다.

　모든 우주 항행 승무원들은 갤럭틱 운항시간(GAT)* 기준에 익숙해져야 했다. GAT, 오전 11시 30분. 목적지까지 남은 예상시간 250시간 51분 17초. 수현은 조종실 입구에 잠깐 멈추어 서서 물 흐르듯 바뀌는 타임라인과 우주

---

* 　Galactic Aerospace Time, 지구에서 우주선이 발사될 때의 현지 시간을 그대로 적용한 우주항행 기준 시각.

선 운항 표시 스크린을 올려다보았다. 그녀는 오전 근무가 끝나면 습관처럼 조종실에 들르고는 했다. 스크린 아래 운항 상태를 나타내는 초록색 띠가 눈에 띈다. 며칠 전 레이더에도 보이지 않던 우주 먼지 때문에 제법 큰 터뷸런스가 있었지만, 지금 라온제나호는 별 탈 없이 순항 중이었다. 더욱이 우주 날씨는 굉장히 쾌청하다. 간만에 보호막을 내린 투명 천장 아래로 찬란한 은하수 섬광이 선내로 물밀듯 쏟아져 들어왔다. 우주가 가끔 주는 선물이란 게 이런 걸까? 수현은 빛의 황홀한 속삭임에 홀린 듯 슬며시 바퀴를 움직여 조종실 중앙으로 나아갔다. 휠체어 전동기 소리에 그제서야 인기척을 느꼈는지 레게 머리를 길게 땋은 부조종사 아수스가 뒤를 돌아보았다.

"후잠보(Hujambo), 박사님!"

그가 손을 들어 환하게 웃으며 스와힐리어로 '별일 없냐'라는 인사를 건넸다. 오늘따라 보조개가 도드라져 보인다.

"시잠보(Sijambo)*, 아수스."

"웬일이에요? 여압복을 다 챙겨 입으시고?" 아수스가 씽긋 웃었다. "아! 알겠다. 바이오스피어3에서 우주선(宇

---

* 특별한 일이 없이 안녕하다는 스와힐리어식 답례 인사.

宙線)* 실험? 그쵸? 오늘은 좀 어때요? 거기 생물들 말이에요."

"당연히 시잠보, 그럼 여긴?"

"여기도 시잠보라네." 짧은 머리의 체격이 좋은 주조종사 정중혁이 대화에 끼어들었다. "무소식이 희소식 아니겠어?"

정중혁이 한국식 인사를 덧붙이자, 아수스가 한쪽 입꼬리를 올리며 이죽거렸다. 그들의 인사는 언제나 그런 식이었다. 밍밍한 농담으로 말을 시작했다. 정중혁과 아수스, 이 두 사람은 이런 식으로 십수 년 넘게 호흡을 맞추어온 사이였다. 비록 수현과는 임무가 처음이지만 정중혁이 한국 사람이라서 그런지 우주 출항 이후 두 사람과는 친밀한 사이가 되었다.

"진짜 희소식도 있을 것 같은데요. 11일 후면 모이라이에 드디어 도착하겠네요!"

수현이 화제를 전환시킬 겸 스크린 쪽으로 팔을 뻗어 녹색 점을 가리켰다. 운항 화면 좌측에서 맨 우측까지 길게 호를 그리며 이어진 흰 점선 끝자락에 규칙적으로 깜빡이는 녹색 점이 보였다. 그들의 최종 목적지, 태양계 끝자락

---

* Cosmic rays라고도 한다. 높은 에너지의 여러 우주 입자나 우주 방사선.

의 모이라이 삼성계였다. 클로토, 라케시스, 아트로포스 세 개의 소행성이 삼성계를 이루며 강력한 자기장대를 형성한 모이라이 소행성계*는 태양 빛이 거의 닿지 않는 심우주에서 인공태양과 바이오스피어만으로 생명체의 번성 가능성을 시험할 수 있는 최적의 후보지였다. 이번 프로젝트가 성공만 한다면 모이라이의 테라포밍을 위한 첫발을 내딛는 동시에, 성간 우주 진출을 위한 교두보를 마련하는 셈이었다.

그런 원대한 꿈을 품고 2년 반 전 지구를 출발했다. 앞으로 11일을 더 항행하면 드디어 모이라이에 다다를 것이다. 모두가 그날을 손꼽아 기다려왔고 수현 또한 마찬가지였다. 이번 임무는 그 누구보다 수현에게 특별했다. 이 모든 것이 수현 자신의 제안으로 비롯된 우주 프로젝트였다. 수많은 설득과 시행착오, 우여곡절 끝에 여기까지 이르렀다

---

* 그리스 신화의 운명의 세 여신 모이라이(클로토, 라케시스, 아트로포스)를 따서 지은 가상의 카이퍼벨트 소행성군. 소설 속에서 클로토, 라케시스, 아트로포스 세 개의 소행성이 삼성계를 이루며 서로 공전한다는 설정이다. 라케시스는 그중 가장 큰 소행성으로 그리스 신화의 12주신과 함께 중요한 역할을 하며 현재를 관장하는 신의 이름을 따서 지었다. 실제 소행성 라케시스는 1872년 프랑스 천문학자 알폰스 보렐리(Alphonse Borrelly)에 의해 발견되었으며, 지름 150킬로미터 크기로 화성과 목성 사이의 소행성대에 존재한다.

는 생각만 해도 뿌듯하고 가슴이 벅차올랐다. 탁 트인 투명 유리 밖으로 순백색의 우주선 라온제나호의 유선형의 몸통과 우주선 허리춤을 투명 훌라후프로 두른 듯한 바이오스피어3가 드러났다.

그때 무언가 우주선 위를 빠르게 스쳐 지나갔다.

"저게 뭐지?"

잘못 본 걸까?

"뭐 있어요?" 아수스는 그녀가 가리킨 투명 천장 너머 인접 구역을 모니터로 확대했다. "글쎄요. 아무것도 안 보이는데…." 아수스는 어깨를 으쓱였다. 어리둥절해 있던 수현의 시야에 다시 무언가 눈에 띄었다. 마치 반딧불이처럼 희미한 점들이 투명 스크린 너머로 느긋하게 부유하고 있었다.

"원거리 변광성도 아닌 것 같은데…."

아수스가 말을 채 끝내기도 전에 단지 작은 점에 불과했던 그 빛들이 조금씩 밝아지더니 순식간에 서로 합쳐지며 눈덩이처럼 덩치를 키웠다. 그 점은 어느새 커다란 삼각형 천체를 이루어 다홍색 빛을 발하기 시작했다. 불현듯 귀청을 때리는 경보음과 함께 긴급 메시지가 중앙 스크린을 가득 채웠다.

[미확인 천체 접근]

[미확인 천체 접근]

선실의 분위기는 삽시간에 얼어붙었다. 삼각형 천체는 우주선의 머리 위에서 지그재그로 비정형의 춤을 추다가 별안간 우주선 쪽으로 머리를 틀었다. 바짝 다가오는 모양새가 당장이라도 우주선을 집어삼킬 것만 같았다.

"대체 어디서 저런 게 나타난 거지?"

아수스가 의아해했다.

"조종간 매뉴얼로 변환! 아수스는 좌표 파악하고, 김 박사는 안전석에 착석하게! 당장!"

정중혁이 다급히 외쳤다.

수현이 팔을 뻗어 휠체어에서 가장 가까운 자리로 채 옮겨 앉기도 전에 조종간이 엉겁결에 제 맘대로 우측으로 꺾였다. 관성이 작용하며 수현의 몸이 왼쪽으로 쏠렸다. 말끔하게 정돈되어 있던 조종실은 일순간에 모든 것이 흐트러졌다. 마시다 만 커피잔과 태블릿 PC와 각종 고정되지 않았던 장비들이 균형을 잃고 쏟아졌다. 그 통에 휠체어도 옆으로 쏠려 넘어지더니 입구 쪽으로 나뒹굴었다. 수현은 하마터면 바닥으로 튕겨 나갈 뻔했다. 난간을 잡고 가까스로 버텼다. 선체가 더 기울어지자 수현은 누에고치처럼 두 팔로 난간에 매달려야 했다.

고막을 찢어 발기는 폭발음이 들렸다. 조종실 정면이 박살나면서 아수스와 정중혁이 어디론가 휩쓸려 나갔다. 간신히 눈을 들어 스크린을 확인하자, 우주선 옆구리에 뚫린 거대한 구멍이 점점 커지며 선체를 두 동강 내고 있었다. 대기조 승무원의 수면 캡슐들이 시커먼 우주 공간의 검은 아가리로 솟구쳤다. 저들을 어쩌란 말인가? 영문도 모른 채 캡슐 속에서 깨어나지도 못하고 우주 미아라가 되어 버리다니! 하지만 지금 수현이 그들을 걱정할 때가 아니었다. 선체가 박살난 충격으로 수현의 몸도 튕겨져 나갔기 때문이다. 때는 늦었다. 허공으로 떠오른 몸이 암흑 속을 헤매고 있었다. 숨을 쉴 수 없었다. 그녀는 사지를 휘젓고 버둥거리며 몸부림쳤다.

이렇게 죽는구나. 수현이 게슴츠레 눈을 떴을 때 어둠 속에서 희미한 빛이 돌진해왔다. 그 빛은 점차 밝아지더니 팔이 닿을 만한 위치에 이르렀다. 축구공 크기의 삼각형 모양 물체. 아까 모니터로 목격한 물체였다. 물체는 난생처음 보는 청홍색의 영롱한 빛을 발했다. 빛을 발산하는 돌덩이처럼 보였다. 물체는 수현을 관찰하려는 듯 몇 번 주위를 빙빙 돌더니 눈앞에서 멈추었다. 마치 그녀에게 무언의 말을 거는 것만 같았다. 수현은 저도 모르게 손을 뻗어 그것을 만졌다. 서늘하고 야릇한 느낌이 손가락 끝을 타고 올라왔다. 순식간에 수많은 영상들이 머릿속을 스쳤다. 갑자기 물체가 그녀의 가슴팍으로 날아들었다. 수현은 놀라 소리를 지르며 이를 악물고 양손으로 돌을 잡았다. 허사였다. 물체는 수현의 가슴팍으로 흡수되고 있었다. 몇 초 지나지 않아 사지가 벌겋게 달아오르더니 온몸에서 털이 자라났다. 마치 침팬지처럼. 숨이 멎을 것만 같았다. 손발에서 촉수가 호박 넝쿨처럼 자라나더니 그 끝에서 역겨운 냄새를 풍기는 액체가 흘러나왔다. 촉수는 수현의 얼굴에서도 자라나 눈, 코, 입으로 깊숙이 파고들었다. 수현은 비명을 질렀다.

눈을 떴다.

침대에서 깜빡 잠이 든 모양이었다. 가슴은 방망이질 치고 있었다. 재빨리 손바닥으로 얼굴을 쓸었다. 얼굴은 멀쩡했다. 크게 심호흡을 했다. 곧장 안도감이 밀려들었다. 한동안 그대로 누워 멍하니 천장을 응시했다. GAT 22시 30분. 서울 기준으로는 오전 두 시였다. 모두가 곤히 잠들었을 시간이다. 꿈이라기엔 너무 생생했다. 최근 바이오스피어3에서의 기이한 현상 때문인지 요즘 꿈자리가 뒤숭숭했다. 천장의 디스플레이에서는 신진대사 정보가 푸르스름하게 깜박거렸다. 맥박 정상, 혈압 정상, 산소포화도 정상. 침대 머리맡엔 지구를 출발할 때 남편이 선물해준 작은 기계식 탁상시계가 보였다.

불현듯 목이 탔다. 수분 보충이 필요했다.

그녀는 에어 스윈들*로 일시 기면 해제 모드로 바꾸고는
몸통을 고정시킨 벨트를 풀었다.

* 허공에서 손을 그어 입력 동작을 하는 행위.

2

수현은 침대 가장자리로 몸을 굴려 휠체어로 옮겨 탔다. 곧장 주방으로 향했다. 먼저 일지를 점검하는 게 순서였지만 미뤄두기로 했다. 아직 교대시간이 한 시간은 족히 남았으니깐. 대원들은 여전히 깊은 잠에 빠져 있을 시간이다. 휠체어가 냉장고 앞에서 멈추었다. 수현은 팔을 선반 안쪽으로 쭉 뻗어 구석에서 생(生)구아바 주스를 꺼냈다. 단숨에 병째로 들이켰다. 좀 전의 꿈이 떠올랐다. 우주선이 카이퍼벨트에 가까이 이르면서 줄곧 반복되는 꿈이었다. 매번 꿈속에서는 전혀 인지를 못했다. 신기하게도 꿈속에서는 현실인지 아닌지 결코 알아차릴 수 없다는 것이다. 그 흔한 기시감도, 루시드 드림 같은 자각 증상도 없으니 답답하기만 하다. 더구나 오늘은 뭔가가 달랐다. 평소보다 꿈이 생생했을 뿐만 아니라 기존 흐름과는 차이점이 있었다. 몸에서 끔찍한 촉수가 나온 건 이번이 처음이었다. 닥터 션에게 여러 번 상담과 진찰을 받았지만 그도 이유를 잘 몰랐다.

"아마도 전두엽이 지속적으로 긴장 상태에 노출되어 있어서 그럴 거야. 실버드림*까지는 아니고. 우주에서는 흔히 있는 증상이지. 무시해도 좋아. 걱정하지 마. 이럴 때 쓰는 한국식 표현… 있지 않았나? 그래! 개꿈! 개꿈인 거야!"

닥터 션이 입꼬리를 축 늘어뜨리며 얼버무렸다. 닥터 션—그의 본명은 션 맥케이 주니어였지만 대원들은 그를 닥터 션이라 불렀다—은 진료할 때마다 특유의 뻔뻔하면서도 기분 나쁘게 실실 웃는 말투로 그렇게 넘기기 일쑤였다. 설렁설렁, 대충대충, 얼렁뚱땅, 히스테릭. 그를 단적으로 수식하는 표현들을 찾으라면 수현은 한치의 망설임도 없이 이렇게 말할 것이다. 같은 군 출신인 오네로이 선장은 그를 두둔하려 했지만 과연 어떻게 저런 자가 라온제나호의 스페이스 닥터 자격으로 승선했는지 의아스러울 때가 많았다.

그래, 개꿈….

큰 키의 민머리에 등이 구부정한 외계인처럼 가늘고 긴 양쪽 검지와 중지를 구부리는 닥터 션의 모습을 떠올리자

---

* 장기간 우주 임무에 노출될 때 발생하는 우주인들의 신경병리적 증상.

수현은 객쩍은 웃음이 흘러나왔다. 그래, 개꿈 따윈 쫓아 버리자. 이럴 때는 신나는 음악이 최고다. 수현이 AI에게 노래 〈오르트 구름〉을 틀어달라고 주문했다. 흥겨운 리듬 으로 이루어진 도입부가 흘러나왔다. 확실히 기분전환이 되는 곡이었다. 수현은 어깨까지 흘러내린 검은 머리카락 을 밴드로 질끈 동여맸다. 〈오르트 구름〉이 주제부로 전개 되자 가볍게 고개를 까딱거리며 천천히 잔을 기울였다.

"카이퍼벨트산 생구아바 주스, 최첨단 우주 온실 재배! 맛이 정말 끝내줍니다!"

음악 소리에 가려 누가 오는지도 몰랐는데, 낭창낭창한 남자 목소리가 들렸다. 뒤를 돌아보니 창백한 얼굴의, 하 관이 길고 깡마른 중키의 털보 남성이 주방 문간에 비스듬 히 기댄 채 웃고 있었다. 타일러였다. 아직 교대시간도 아 닌데 왜 덩그러니 서 있는 걸까? 타일러는 경쾌한 멜로디 의 빠른 비트에 맞추어 탭 댄스를 추며 다가오더니 테이블 위로 털썩 걸터앉았다. 그리고 붉은 머리카락을 손으로 한 번 쓸며 휘파람을 불었다. 유심히 뜯어 보니 머리카락에서 부터 귀밑까지 땀에 흠뻑 젖어 있었다.

"광고 문구치고는 굉장히 촌스러운걸."

"아하, 그랬나?" 타일러가 이죽거렸다. "아, 음악이 좋은 데! 무슨 곡이야?"

"윤하라는 가수의 〈오르트 구름〉."

“와, 딱 내 스타일인걸. 가사도 훌륭하고. 최신 노랜가?”

“아니… 오래된 거야.”

수현이 피식 웃었다.

“우연히, 창고에서 할아버지 유품을 정리하다가 플레이 리스트에서 발견했지. 가끔 듣는 노래야. 할아버지께서도 좋아하셨나 봐. 그건 그렇고, 어쩐 일인데?”

수현이 물었다.

“왜 이 야심한 시각에 설치고 다니냔 말씀이지? 글쎄. 수면 캡슐에서 한참 숙면하는 중이었는데, 망할 놈의 중력 장치 점검 호출이 있어서 깼지 뭐야. 꿈속에서 지구상 최고의 갑부가 되어 이제 막 초호화 요트를 타고 20세기 지중해를 누비며 호사스러운 삶을 막 구가하려던 참이었는데!”

타일러가 혀를 끌끌 차며 입맛을 다셨다. 수현은 그제서야 오늘의 악몽이 유난히 길고 생생했던 이유를 알 것 같았다. 채 마르지 않은 땀들이 타일러의 목덜미를 타고 바닥으로 뚝뚝 흘렀다.

“받아, 그러다 감기 들겠어.”

수현이 긴 대롱같이 생긴 전자 수건을 건넸다.

“고마워, 역시 너밖에 없어. 수현, 그런데 안색이 왜 그래? 뭐, 악몽이라도 꾼 건가?”

“별거 아냐. 캡틴에게는 보고했어?”

수현은 아무렇지도 않은 듯 시치미를 떼고는 전자 수건으로 온몸의 습기를 제거하는 타일러에게 물었다. 양전자로 작용하는 전자수건 특유의 '쉬릉' 소리가 주위에 낮게 깔렸다.

"아니. 아직…. 그럴 필요 없을 것 같아. 일반적인 상황이라. 겨우 몇 시간 전 잠들었는데, 굳이 상관을 성가시게 할 필요가 있을까? 이것 봐봐."

그가 테이블 위로 빈 잔을 떨구듯 내려놓았다.

"중력가속도는 여전히 1.01g야. 이젠 잘 작동하거든. 정 필요하면 내가 서면으로 보고할게. 그나저나, 아깐 경보 소리 때문에 깨서는 한동안 수면 캡슐 안에서 꿈쩍하지 않고 드러누워 두 눈만 깜박였지 뭐야. 이게 도대체 뭐 하는 짓인가 싶었지. 그게 다 꿈이었다니, 허탈함이 밀려오더군. 게다가 또 그 무거운 EMU*를 낑낑대며 입고 우주선 밖으로 나갈 생각하니까 미치겠더라고. 문득 카미고가 생각나더군. 갓 블레스 아메리카는 개뿔. 거기 슬럼에서 겨우 헤어나왔잖아, 내가! 거리에 온갖 홈리스가 득실거리

---

* Extravehicle Mobility Unit, 선외활동 우주복. 우주복은 크게 가벼운 천 소재의 실내 작업복, 주로 이착륙 시에 압력변화로부터 인체를 보호하는 여압복, 그리고 우주 유영 작업 등 선외 작업 시 착용하는 선외활동 우주복으로 나뉜다.

고 마약과 알코올중독, 총과 살인, 폭력, 가난과 비탄, 가상 현실에 찌든 삶이 너무 싫어 기를 쓰고 죽도록 발버둥쳤었지! 카미고를 벗어나기 위해! 그 시절을 떠올리니까 좀 나아졌어. 그래, '이건 네 운명이고 숙명이다!' 외할머니가 가르쳐준 대로 혀를 내밀어 코끝에 대고 스스로에게 세 번 외치는 의식을 끝내고는 곧바로 뛰쳐나갔지. 그러고는 강민이랑 여태껏 우주선 밖에서 유영 작업하며 드럽게 뺑이 쳤어. 두 시간도 넘게!"

수현이 동정의 눈빛을 건넸다.

"그래도 난 지금 이렇게 구아바 주스를 마시고 있는 거잖아! 다시 여유롭게 말이야. 지구에서도 이렇게 맛있는 걸 먹어본 적은 없었는데. 나중에 지구로 복귀하면 바로 독점 라이선스 좀 줘! 사업하면 떼돈 벌 것 같단 말이야."

타일러가 능글맞게 웃으며 빈 잔을 내밀었다. 숨겨뒀던 그의 귀여운 앞 덧니가 드러났다. 수현이 육각형 모양의 길쭉한 병을 한 번 더 들어 잔을 채워주었다. 잔이 차기가 무섭게 타일러는 단숨에 벌컥 들이켰다. 타일러는 거듭 빈 잔을 들어 올려 보이며 까딱거렸다. 그 모습에 수현은 저도 모르게 헛웃음이 나왔다. 구아바는 바이오스피어3 동물의 구황 사료로 심은 건데, 어떻게 된 셈인지 사람이 더 잘 먹다니.

"카미고 출신이 배부른 소리한다고 하겠지만, 그냥 이

젠 돈이나 벌고 평범하게 살고 싶어. 솔직히 좀 지친 것 같
아. 모두 당연하다 생각하잖아. 우리 엔지니어들은 목숨
걸고 머리에 김 나도록 난리 치며 작업하는데, 그래 봤자
티 하나도 안 나더라고. 밑져야 본전이지. 그게 정말 사람
을 힘들게 해. 이럴 바에야…."

"아무도 당연하다고 생각 안 해. 그리고 결정적으로 넌
구아바 주스 팔다 굶어 죽기엔 아까워." 수현은 빙긋 웃으
며 노르스름한 구아바 열매 몇 개를 냉장실에서 꺼내 타일
러에게 던졌다.

"남은 건 셀프로 드시지요."

타일러가 잽싸게 손을 뻗어 열매들을 겨우 받아 채자,
수현은 비어 있는 육각형 주스 병을 흔들며 반대편 선반의
착즙기를 가리켰다. 타일러는 붉은 수염 너머 목젖이 드러
나도록 껄껄댔다. 수현이 이 넉살 좋은 친구에게 그만 좀
징징대라고 농을 치려는데 누군가 끼어들었다.

"샤워도 안 하고 어디로 사라지셨나 했더니." 강민이었
다. 땀을 잔뜩 뒤집어쓴 타일러와 달리 말끔한 차림의 강
민은 객적은 한국식 속담을 읊었다. "참새가 방앗간을 지
나칠 쏘냐!"

타일러가 무슨 소리인가 싶어 멀뚱거리는 사이 강민이
짓궂은 표정을 지으며 타일러에게서 구아바를 뺏었다. 그
는 야생의 짐승처럼 열매를 껍질째 깨물었다. 반쪽을 입에

넣고는 우걱거리는데 굵고 선명한 목젖이 거칠고 역동적으로 움직였다.

"그런데, 참 신기한 게 말이야. 이 열매의 단면을 보면 꼭 우주 같단 말이야. 무슨 말이냐면, 여기 중앙에는 오각형의 대칭형 구조가 있고 작은 씨앗이 박힌 과육이 그걸 둘러싸고 있어. 그리고 겉엔 얇은 껍데기가 둘러싸고 있지. 이건 마치 케빈의 우주 이론과 비슷하잖아?"

"초대칭 막 이론 말이야?"

수현이 되물었다.

"바로 그렇지. 이 열매의 오각형 중심이 우주의 초대칭 구조를 형상화한 것 같아. 이 작은 알갱이들은 수조 개의 초은하단이고 말이야. 작은 씨앗으로 잉태되었던 우주는 수십억 년 동안 거침없이 이렇게 성숙하고 커지면서 팽창을 했겠지. 과연 고대 잉카인들이 이 열매의 본질을 알아보고 섭취한 걸까?"

"대단하군. 그걸 설명하려고 착즙도 안 하고 바로 먹은 거야? 침팬지가 구아바 핥아먹는 소리하나 싶더니."

타일러가 키득거렸다. 강민은 박학다식한 반면 엉뚱한 면이 있어 가끔 사람들을 당황스럽게 할 때가 있었다.

"그냥 생각나서 한 얘기야. 어쨌든 맛은 끝내준다. 그런데 말이야…"

"너, 또 이 주스가 우리 오줌으로 만들었느니 어쩌니 하려는 거지?"

타일러가 팔꿈치로 강민의 옆구리를 쿡 찔렀다.

"맨날 내가 자기 같은 줄 아나 봐? 그게 아니라, 내가 알기로는 다섯 개의 구아바를 따야 겨우 착즙 주스 한 잔을 만들 수 있어. 그런데, 우리가 최근 들어 이렇게 자주 마실 양이라면 구아바 열매가 굉장히 많아야 할 텐데, 그 많은 것을 대체 어떻게 수확할 수 있는지 궁금해서 말이야. 우주선에서 투입할 수 있는 자원은 한정되어 있잖아? 우리 오줌을 포함해서⋯."

"거봐! 또 오줌 이야기잖아?"

타일러가 너스레를 떨었다. 하지만 강민의 논리는 날카로웠다. 수현은 아무런 말을 할 수가 없었다. 그녀가 머뭇거리는 사이 대뜸 강민이 물었다.

"진행되는 연구는 어때?"

사실대로 설명해야 할까? 잠시 망설였다. 자신이 맡은 연구에 대한 일반적인 설명을 해야 할까? 아니면 좀 새롭게 발견한 사실을 털어놓아야 하나?

"그냥 그렇지, 뭐."

수현은 얼버무렸다.

"아냐, 아닌 거 같아. 한국 사람만의 감이라고나 할까!" 강민은 선반에서 양손으로 턱받침을 하고 빤히 바라보면서 실실 웃었다. "저 표정! 난 알 수 있어. 수현 씨, 뭔가 있지?"

　같은 한국 사람들끼리 왜 못 골려 먹어 안달이냐고 타일러가 마뜩지 않아 했음에도 강민의 의지는 집요했다. 강민의 갈색 눈동자가 더 커지고 있었다.

3

"우리가 여기를 다 와 보는군….".

타일러가 감탄했다.

"구아바 주스를 먹다가 여기까지 오게 될 줄이야."

수현이 양자 현미경 재물대를 조작하는 동안 주변을 두리번거리던 강민이 중얼거렸다. 수현이 말없이 두 사람에게 손짓했다.

"목숨을 걸고 고생한 두 사람을 위한 선물이야."

수현이 휠체어를 뒤로 빼며 까딱 고갯짓으로 현미경을 가리켰다. 한 사람이 먼저 현미경 접안렌즈에 눈을 갖다 대는 동안 나머지 한 사람은 기기에 연결된 모니터를 살폈다. 두 사람의 입가에 웃음기가 싹 가시더니 꽤나 진지한 표정이 되었다. 뱀의 비늘처럼 확대된 식물세포 표면을 관찰하던 타일러는 연신 긴 붉은 속눈썹을 끔벅거렸다. 강민은 가늘고 긴 코끝을 매만지며 깊은 생각에 빠졌다.

그들은 몇 분 전 바이오스피어3에 들어설 때만 하더라도 한창 들떠 있었다. 대원들에게 바이오스피어3는 일종의 금단의 구역과도 같았다. 이곳에 들어온다는 것 자체가 짜릿함을 안겨주었다. 바이오스피어3는 핵심 기밀시설이었고 외부로부터 오염원을 철저히 차단하기 위해 선장과 극소수 연구자들에게만 공식적인 출입이 허락되었다. 수현과 절친한 타일러에게도 적용되는 원칙이었다. 수현은 타일러와 강민에게 중력장치 점검을 핑계 삼아 발을 들일 수 있는 특별한 기회를 준 것이다.

세 사람은 긴 통로를 따라 설치된 여러 겹의 자외선 큐브와 귀가 따갑도록 '쉭'하는 소리를 내는 오존소독 에어벤치와 육중한 금속 방호문을 지나 통 넓은 밀짚 모자를 씌워놓은 듯한 큼직한 유리문 앞에 이르렀다. 수현이 동그란 특수 키를 슬릿에 꼽자 그간 이미지로만 보았던 거대한 온실이 호박빛 조명 아래 푸르스름하게 드러났다. 갖가지 진귀한 동식물로 가득한 거대한 공간이었다. 머릿속까지 시원해지는 맑고 상쾌한 공기, 옥구슬 같은 시냇물, 다홍빛 꿀먹이새 이위(Iiwi)들의 경쾌한 지저귐 소리와 이따금 뺨을 스치는 산들바람까지, 타일러는 마치 자신이 하와이의 카우아이 섬에 와 있는 듯한 착각이 들 정도였다. 우주선 내에 젖과 꿀이 흐르는 땅이 있다니. 바이오스피어3는 우주선 옆구리를 튜브처럼 두르고 있었다. 이 구조물 안에 지구의 미래가 들어 있었던 것이다. 평소 목석연한 태도의 강민도 황홀한 광경에 놀랐는지 상기된 표정을 감출 순 없었다. 그들은 한껏 들떴다. 수현이 양자 현미경으로 DNA를 보여주기 전까지는 말이다.

"이미 바이러스에 감염이 되어 있었다던가, 아니면 지구와 다른 중력환경, 혹은 여기저기서 날아드는 우주선 파장 때문은 아닐까?"

타일러가 표본을 가리켰다.

"글쎄, 겨우 그거로 어떻게 식물이 저렇게 변할 수가 있겠어? 식물들의 생장이 평균 30퍼센트나 증가했어. 그것도 단 일주일 사이에."

강민은 대꾸하며 수현을 빤히 보았다.

"그건 그래. 하지만 출발 전에 여러 차례 검역을 했어. 최근에 생물들에게 타격을 줄 만한 우주선도 검출된 바가 아예 없거든. 세포의 생장점 자체가 바뀐 것도 아닌 거 같아. 특이한 건 체내 생리적 활성이 서너 배나 증가했고, 무엇보다 DNA의 전사 속도와 mRNA 번역 과정이 수십 배 가까이 눈에 띄게 빨라졌다는 점이야."

"여길 봐."

수현이 확대한 회색 화면을 가리켰다.

"바이오스피어3 내 전체 생물의 DNA 정보가 담긴 라이브러리야. 지구에서 가져온 원본 DNA지. 여기 화면 왼쪽은 구아바의 DNA 라이브러리고, 이쪽 오른편은 우리가 마셨던 구아바의 DNA를 양자현미경으로 10억 배율로 확대한 화면인데 둘 다 100퍼센트 일치한다는 AI 분석이야. 하지만, 여기 보면."

수현이 화면 오른쪽 모서리의 숫자들을 손가락 끝으로 톡톡 쳤다.

"DNA의 활성도가 무려 572.9퍼센트나 더 높아."

"맙소사, DNA가 5.7배나 활성화되어 있단 말이야?"

유심히 듣던 타일러가 눈을 동그랗게 뜨더니 휘파람 소리를 냈다.

"누가 몰래 성장촉진제를 넣었을 가능성은?"

수현은 단호히 도리질했다.

"전혀. 혹시나 해서 분석해봤는데, 그런 성분은 없었어."

"아직 그 이유를 모르신다…." 강민이 중얼거렸다.

"맞아. 하지만 섣부른 판단은 금물이야. 아직 우리가 모르는 지구 밖 환경 변화에 따른 생명 현상일 수도 있거든."

"아직 밝혀지지 않은 우주에서의 특수한 반응? 그런 게 있을 수 있다?" 강민이 고개를 가볍게 끄덕이며 슬며시 수현의 표정을 살피다 팔짱을 꼈다. "그렇담, 우리 김 박사는 곧 위인 사전에 등재되겠군."

"별말씀을."

수현이 응수했다.

"어쨌거나 섭취해도 일단은 괜찮을 것 같아. 분자 분석기로 여러 번 돌려보고 인비트로* 실험을 해봤는데 구아바 열매에서 인체에 해가 되는 물질은 없었어."

그가 성큼 다가가서 휠체어 앞에서 쪼그려 앉았다.

"그나저나 말이야…."

강민이 운을 떼우더니, 호기심 가득한 표정으로 수현을 빤히 올려다보았다.

"우리를 왜 여기까지 데리고 온 거지, 수현? 단순한 선물은 아닌 거 같은데?"

두 사람의 시선이 어색하게 일직선상에서 마주쳤다. 강민의 갈색 눈동자가 묘하게 번뜩였다. 수현은 이제 사실을 밝혀야 할 때임을 깨달았다.

"머리싸움을 하려는 건 아니었어. 선내에 계속 소문이 있었잖아. 바이오스피어3에서 비밀리에 허가되지 않는 변종 유전체 조작 실험을 하고 있다고. 다들 말을 삼갔지만, 나도 벌써 눈치채고 있었지. 처음에는 정말 대수롭지 않게 여겼어. 그런데 시간이 갈수록 사람들의 눈빛이 달라지는

---

*　In vitro, 라틴어로 '생체 외' 또는 '유리 안에서(vitrum)'라는 뜻으로 생명체 외부에서 이루어지는 상태를 총칭한다. 그와 반대 개념의 용어는 '생체 내'를 뜻하는 '인비보(In vivo)'이다.

거야. 비공개 구역이다 보니 별의별 추측이 눈덩이처럼 불어났지. 생물 병기를 개발한다느니 하는 것 말이야. 얼토당토않은 헛소문에 그리 쉽게 놀아난다는 게 황당하더군. 하지만 그냥 놔뒀다가는 심각한 단계에 이를 수 있겠다 싶었어. 그래서 궁리 중이었는데, 강민 씨 말을 듣고 두 사람에게만 직접 보여주게 된 거야."

"헛소문이라고 증명하기 위해서?"

"응."

수현이 뭔가를 더 말하려는데, 삑삑거리는 신호음이 울렸다. 동물 캐빈에서 불안정한 움직임이 감지된다는 신호였다. 세 사람의 시선이 일제히 모니터로 향했다. 수현이 하던 말을 멈추고 반사적으로 휠체어를 반대편으로 휙 돌려 감시 모니터 앞으로 바싹 다가갔다. 녹색 적외선 화면 속으로 무언가가 좁은 캐빈 안에서 숨을 헐떡이며 서성거렸다. 침팬지 필립이었다.

"아직 깨어날 때가 아닐 텐데."

타일러가 얼떨떨한 표정으로 화면을 가리켰다. 동면 해제가 되려면 적어도 10일은 더 남아 있었다. 3개월 전 마지막 적응 훈련을 마치고 기면 상태에 접어든 녀석은 11일 후 모이라이 궤도에 성공적으로 진입하면 눈을 뜰 예정이었다.

"그렇긴 한데. 가끔 저렇게 중간에 일어나는 경우가 있어."

전등 아래로 수현의 경직된 얼굴이 드러났다. 그녀는 적외선 화면 아래 각종 숫자와 기호로 표기된 필립의 생체 정보를 크게 띄우더니 주의 깊게 살폈다.

"어디 아픈 거 아냐?"

타일러가 모니터와 수현의 근심 가득한 얼굴을 번갈아 보았다.

"여기선 잘 모르겠어, 잠시 좀 기다려봐."

수현이 진지한 표정으로 말하더니 입구 쪽으로 휠체어를 돌렸다.

"우리가 도와줄까?"

"좋아, 대신 지켜보는 것까지만."

타일러와 강민도 수현을 뒤따랐다. 비공개 구역임에도 굳이 말리지 않았다. 세 사람은 그 길로 중앙으로 향하는 통로에 들어섰다. 긴 원통형의 도관을 따라 나아가자 곧 탁 트인 원형 공간이 드러났다. 대략 우주선의 축을 차지하는 위치였다. 그 공간의 중심에서 360도 방향으로 마치 판옵티콘처럼 빙 둘러서 각 동물의 캐빈들이 위치하고 있었다. 수현은 그들이 온 정반대편으로 휠체어를 움직였다. 그녀가 한 캐빈 앞에서 멈추어 서더니 잠시 안쪽을 조심스럽게 살폈다. 그리고 어둑어둑한 캐빈 내부를 향해 고개를 숙여 여러 차례 수어를 시도했다. 그러나 안에서는 아무런

반응이 없었다. 수현은 머리에 싱크로* 통신기를 착용하고
는 전원을 올리다가 고개를 갸웃거렸다.

"싱크로가 잘 작동하지 않네."

그녀가 혼잣말하듯 아랫입술을 깨물었다. 하는 수 없이
잠금장치를 해제하고 안으로 팔을 쭉 뻗었다. 어떤 갈색의
털북숭이 존재가 수현의 어깨와 팔에 매달렸다.

"녀석 많이도 컸다."

등 뒤에서 지켜보던 타일러가 입을 열었다. 수현의 목덜
미 사이로 빼꼼히 내민 생명체의 두 눈만 아니었다면 수현
의 휠체어는 마치 커다란 갈색 이불로 덮인 것처럼 보였을
법했다. 지구에서 출발할 때만 하더라도 갓 젖을 뗀 아주
작고 어린 개체였는데 어느새 사람의 상체를 가릴 정도로
부쩍 자랐다니.

수현은 호주머니에서 휴대용 손전등을 꺼내 녀석의 구
강과 안구의 홍채 반응을 살폈다. 동공반사 등을 확인했지
만, 크게 이상은 없었다. 타일러와 강민이 도와주려 다가
가자 수현이 오지 말라며 손사래를 쳤다. 지금은 필립이

---

* Synchro. 인간과 동물의 뇌파 커뮤니케이션 단말기. 1930년대
  초 물리학자 올프강 파울리와 심리학자 칼 융의 회합에서 비롯
  된 양자현상과 정신의 비인과적 원리와 통일적 근원을 의미하는
  Synchronicity(동시성)란 개념에서 유래되어 21세기에 발전한 뇌파
  간 통신 기기를 일컬음.

굉장히 예민한 상태였다. 성체가 된 침팬지의 경우 성인 남성보다 서너 배 더 센 완력을 지니는데, 아무리 어린 개체라도 긴장 상태에서는 어떤 일이 벌어질지 몰랐다. 수현은 필립을 데리고 옆 칸의 양자스캐닝실로 들어가 간이 생체분석을 실시했다.

"정상이네. 자, 착하지 필립. 이젠, 괜찮단다." 수현이 녀석의 뺨을 부드럽게 쓰다듬었다. "그래도, 아까보다는 많이 진정된 것 같네."

줄곧 팔짱을 끼고 뒤에서 지켜보던 강민과 타일러도 그제서야 안도했다.

"아무 일도 없을 거야."

"하하, 저 녀석 웃는 거 좀 봐!"

타일러가 수현과 필립의 다정한 모습을 감상하며 문간에 기대어 흡족한 표정을 지었다. 갑자기 쿵 하는 소리와 함께 거대한 충격이 선내를 뒤흔들며 주변의 모든 것이 허공으로 솟구쳤다. 그 어떤 대비를 할 틈도 없었다. 양자스캐닝실이 순식간에 엉망이 되었다. 각종 부품들이 이리저리 탁구공처럼 토각토각 튕겨 나갔다. 수현의 몸뚱이 역시 마찬가지였다. 자신의 의지와 상관없이 허공으로 떠올랐다. 선내 여기저기에서는 비상 상황임을 알리는 사이렌의 귀청을 찢을 듯한 소리가 온통 사납게 울렸다.

거대한 굉음과 함께 금방이라도 우주선이 둘로 쪼개질

것만 같았다. 공포가 엄습하는 순간, 위로 솟구친 사물들이 한꺼번에 아래로 다시 떨어졌다. 일거에 전체 전원이 나가버리며 선내는 암흑천지로 변했다. 그녀의 몸뚱아리는 마치 우주 유영을 하다 길을 잃은 우주인처럼 칠흑 같은 허공 아래로 내던져졌다.

수현은 이내 몽롱함에 갇혔다.

이건 꿈일까? 아닐까? 어떻게 된 걸까?

그때 누군가 자신의 팔목을 강하게 움켜쥐는 게 느껴졌다. 정신을 차려보니 시퍼런 비상등 아래 강민이 한팔로 난간에 위태롭게 매달려 수현을 잡고 있었다.

"수현 씨, 괜찮아요?"

강민이 아래를 내려다보며 소리쳤다. 맙소사, 꿈이 아니었다. 수현은 정신이 퍼뜩 들었다.

"으응, 난 괜찮아요." 수현은 고개를 들어 가까스로 말했다. "필립! 필립은요?"

"지금 그게 중요한 게 아닌 거 같은데. 일단 우리부터 살고 봐야지." 강민이 외쳤다. "꽉 잡고 조금만 참아요!"

그가 뛰어난 운동신경을 발휘하여 몸을 활처럼 휘게 하더니 그 반동으로 양 발끝을 힘차게 들어 올려 난간에 종아리를 거는 것에 성공했다. 이윽고 하체를 서커스 선수처럼 수평 난간 사이로 단단히 고정시키고는 양팔을 뻗어 있는 힘을 다해 수현을 위로 끌어 올렸다.

"고마워. 강민 씨!"

"타일러! 어디 있어? 괜찮아?"

난간을 가까스로 넘어 올라간 수현이 옆에서 엎드려 가쁜 숨을 몰아쉬는 동안 강민이 목청껏 소리쳤다.

"나, 여기 있어!"

그 목소리는 도넛 모양의 양자스캐너 뒤편에서 들려왔다. 잠시 후 먼지를 잔뜩 뒤집어쓴 타일러가 양자스캐너 뒤편 구석에서 머리를 내밀며 힘없이 손을 흔들었다. 푸르스름한 빛줄기에 비친 타일러는 건재했다. 평소라면 몇 걸음 거리에 불과했지만 양자스캐닝실 바닥이 완전히 무너져 내리는 바람에 강민과 타일러 사이에는 거대한 폐허의 계곡이 자리했다. 우주선 전체에는 여전히 비상 사이렌이 시끄럽게 울렸다.

"난 괜찮아, 걱정마! 머리가 좀 띵한 것을 빼고는 멀쩡한 것 같아. 거긴 어때?"

타일러가 저 아래에서 소리쳤다.

"응, 나와 수현 씨도 괜찮아!"

"그런데 젠장, 방금 뭐였지?"

온통 잿빛 먼지를 뒤집어 쓴 타일러는 잔뜩 인상을 썼다.

"중력장치가 또 고장 난 건가?"

"그러기에는 너무 충격이 컸어. 지구에서 출발하고 이

36

런 적은 처음인데. 어쨌거나 전부 무사해서 다행이야."

"전부라니! 우리 필립은?"

강민의 대구에 역정을 내며 수현이 벌떡 상체를 일으켰다.

"아, 맞다. 필립!"

좀 전까지 멀쩡했던 비상등도 예기치 않게 나가버렸다. 주변이 순식간에 칠흑같이 어두워졌다. 코앞이어도 아무것도 보이지 않을 정도였다. 수현은 내의 안에 착용한 생명구호 키트가 내장된 비상용 조끼에서 작은 휴대용 손전등을 꺼냈다. 누군가를 찾기에는 충분치는 않았지만 그럭저럭 사물을 분간할 수 있었다.

"필립! 어디 있니? 기척이라도 좀 내보렴!"

수현이 난간에 기대어 목청이 터져라 외쳤다. 제발 무사하기만 해다오. 그녀의 머릿속은 온통 필립 걱정으로 가득했다. 좀 전의 그 충격으로 필립은 검은 구멍 아래로 떨어진 것 같았다. 타일러와 강민도 함께 필립의 이름을 소리쳤다. 몇 분이 흘렀을까, 어디선가 소리가 들렸다. 아래쪽 발전기 근처였다.

"필립, 거기에 있어?"

수현은 손전등을 아래로 비추었다. 외침이 틈새를 따라 울렸다. 분산 발전기 근처에서 낮고 희미한 울음소리가 들렸다. 필립이 분명했다.

"저기에 있는 게 확실해."

수현이 생명구호 키트에서 얇고 긴 휴대용 구호 로프를 꺼냈다.

"당신이 직접 내려가려고? 미쳤어? 너무 위험해!"

타일러가 수현의 팔목을 억세게 잡았다.

"맞아, 이건 우리가 할게, 수현 박사."

강민이 거들었다.

"아냐, 이건 내가 직접 해야 해. 이래 봬도 나 세계 챔피언 출신이잖아. 다른 건 몰라도 운동 신경은 내가 당신들보단 한 수 위일 거야. 몸무게가 가벼워서 로프에도 하중이 덜할 거고. 더구나, 저 아래엔 필립이 있잖아? 엄마가 직접 가는 게 맞겠지. 만일의 사태를 대비해서라도. 침팬지는 긴장하면 굉장히 힘이 세지거든."

수현은 비상로프가 몸통과 겨드랑이를 지나도록 단단히 묶고 아래로 하강하기 시작했다. 위쪽으로부터는 조심하라는 타일러의 목소리가 쉴 없이 메아리치고 있었다. 선수 시절 암벽 하강 훈련 때 쓰던 레펠 기술을 이럴 때 써먹다니. 참 아이러니한 상황이었다. 수현의 레펠기술은 아직 녹슬지 않았다. 오히려 한창일 때보다 훨씬 몸이 가벼웠다. 허벅지 끝으로 벽면을 지지해야 하는 점을 빼고는. 좀 전의 충격으로 중력 가동장치가 제대로 작동하지 못한 탓인지 몸이 더 가볍게 느껴지는 걸지도 몰랐다. 가뿐하게 허벅지 끝으로 벽면을 튕기며 내려갔다. 어둠 속에서 뜨겁고 습한 증기가 새어 나왔지만 순발력을 발휘해 피했다. 암흑 속을 더듬고 또 더듬으며 아래로 향했다. 바닥까지는 겨우 1~2분의 시간이었지만 마치 하루처럼 길게만 느껴졌다. 소리가 들렸던 지점으로 추정되는 곳에서 멈추어 손전등으로 갈라진 틈 안을 비추었다.

"필립, 여기 있니?"

엷은 불빛 사이로 생명체의 실루엣이 드러났다. 필립이었다. 녀석은 잔뜩 겁에 질린 채 찢어진 바닥 틈바구니에 매달려 있었다.

"이젠 괜찮아. 엄마가 구해줄게."

그녀는 호흡을 가다듬고 줄을 잡고 몸을 틀어서 조심스레 틈 안으로 들어갔다.

"우우우우… 후오오오….."

필립이 울음소리를 냈다. 다리가 틈바구니에 끼어 옴짝달싹 할 수도 없는 상태였다. 놀람이 채 가시지 않은 상태였는지 녀석은 기진맥진한 상태로 주둥이를 내밀고는 울부짖었다. 혹시 크게 다친 걸까? 수현은 조끼에서 작은 지팡이 모양의 휴대용 엑스레이 스캐너를 꺼냈다.

"조금만 있어봐."

녀석을 안정시킨 다음, 머리부터 발끝까지를 훑어나갔다.

"오, 하느님."

수현은 안심한 나머지 탄성을 내질렀다. 다행히 필립에게 큰 부상은 없었다. 발목을 약간 삐었을 뿐이었다. 그녀는 살포시 손을 뻗어 좁고 갈라진 틈에서 녀석을 꺼내 꼭 껴안았다. 그리고 줄을 위로 당겼다. 꼭대기에서 둘을 반기는 타일러와의 기쁜 재회도 잠시, 옆에서 쉴새 없이 교신을 시도하고 있던 강민의 표정이 영 좋지 않았다. 강민은 타일러가 수현의 필립 구조를 돕는 동안 외이도의 통신 채널을 열어 조종실과의 교신을 시도하는 중이었다. 그런데 아무리 호출을 해도 도무지 대답을 하지 않았다.

"조종실, 여기는 강민 대원이다. 응답 바람. 응답 바람. 제길, 누구라도 대답을 좀 해봐!" 강민은 그만 분통을 터뜨렸다. "역시 전혀 응답이 없어! 단말기를 써야겠어."

강민이 비상용 조끼에서 단파 통신 단말기를 꺼내 다시 시도했음에도 마찬가지였다. 조종실에서는 당장 응답이 없었다. 희미한 소리가 언뜻 스치다가도 도로 사그라들 뿐이었다. 그렇게 한참을 지나서, 치직거리는 소리가 나더니 누군가 응답을 했다. 조종사 정중혁이었다.

"여긴… 조종실…."

강민이 단말기에 입을 바짝 갖다 댔다.

"정필*, 대체 무슨 일입니까? 괜찮습니까?"

"여기도 잘 모르겠어. 아직 사태를 파악 중이네. 그런데…." 정중혁이 뜸을 들였다. "선장님이 정신을 잃은 것 같아."

"예? 뭐라고요? 어쩌다가요?"

"수면 캡슐에서 급히 나오다가 파편을 맞고 쓰러진 것 같아. 아직 깨어나지 못하고 있어. 닥터 션이 응급조치를 해뒀으니, 당장 생명에 지장이 있지는 않을 거야. 강민, 당신은 무사한 거지?"

오네로이 선장이 정신을 잃었다니 강민은 눈앞이 어두컴컴해지는 심정이었다.

"괜찮습니다. 저는…."

강민이 맥없이 대답했다.

"거기 또 누가 있나?"

"저와 타일러, 수현 박사 그리고 필립이 있습니다. 필립이 약간 다친 것 빼고는 다들 무사합니다."

"다행이군. 길게 무전은 못하겠네. 일단 모두 당장 조종실로 와줘야겠어!"

"긴급사태인 거 같아, 어서 가봐야 해."

무전을 끝낸 강민이 다급한 표정으로 조종실 쪽을 가리

---

* 정중혁의 애칭.

키며 일어섰다.

"통로 전체가 아수라장일 텐데 어떻게 가게?"

타일러가 난감한 표정을 지었다. 그러고 보니 강민이 생각하기에도 양자스캐닝실도 이렇게 엉망인데 전방의 조종실까지 과연 무사히 갈 수 있을까 싶었다. 그때 수현이 말했다.

"내게 방법이 있어."

서울 시간으로 오전 세 시였다. GAT로는 오후 11시 30
분. 수현은 필립을 안정시키기 위해 주사를 놓고는 녀석을
끌어 안았다. 그리고 사람들과 함께 가장 가까운 실험실로
향했다. 실험실로 향하는 통로는 다행히 멀쩡했다. 그러나
중력 장치가 엉망인 통에 제대로 걸음조차 내딛기 쉽지 않
았다. 수현은 작은 창고에서 뭔가를 꺼냈다. 겉보기엔 일
반적인 전동 휠체어였다. 타일러가 여분의 휠체어로 뭘 하
겠다는 것인지 물으려 할 때 수현이 먼저 입을 열었다.

"다 알겠지만, 내 남편이 달 기지의 운송 로봇 공학자잖
아. 지구를 출발하기 전에 내게 특별 선물이라며 이걸 만
들어 주더군. 좀 평범해 보이지만 이걸 누르면…."

수현이 어깨를 한차례 으쓱거리더니 휠체어의 리모컨
버튼을 눌렀다. 그러자 순식간에 두 바퀴가 사라지고 몇

단계의 기계적 변신을 거듭했다. 그들 앞엔 어느새 근사한 육각 다리의 거미 모양의 로버가 버티고 서 있었다. 강민과 타일러가 한참 탄성을 터뜨리는 동안 수현은 바로 로버의 운전석으로 솜씨 좋게 올라탔다. 수현의 좌석 양쪽에 강민과 타일러가 탑승하고 로버의 어깨에 필립이 올랐다. 녀석은 넷 모두를 한꺼번에 태우고도 파편과 장애물로 엉망이 된 선내통로를 한달음에 내달릴 정도로 어마어마한 출력을 자랑했다.

"와! 이거 성능이 끝내주는걸!" 타일러가 휘파람을 불었다.

"메카노포비아*인 당신에게 이런 비밀 병기가 있을 줄이야. 어떻게 된 거야?"

강민이 놀라며 물었다. 수현은 아무 대꾸도 하지 않았다. 사실 그녀는 처음에 이 엑소로버**를 보고는 기겁했다.

"당신처럼 로봇이라면 치를 떠는 사람이 이 세상 어디 또 있을까 싶지만. 그리고 당신 같은 사람과 어떻게 결혼을 했는지 모르겠지만, 그래도 당신을 위해서 정성을 다해 준비했어."

---

*   Mechanophobia, 기계를 싫어하거나 강한 반감을 갖고 있는 심리 상태.
** 신체와 연결해 기능하는 로버

수현이 우주 비행을 나서기 며칠 전이었다. 수현은 생일을 맞이했고, 거실로 들어서자 남편의 얼굴이 상기되어 있었다. 남편은 알 수 없는 말을 주저리 늘어놓더니 거실 한가운데 덩그러니 놓인 무언가를 덮은 보자기를 걷었다. 새파란 하늘색 휠체어가 나타났다. 수현이 웃으려는데 남편은 묘한 표정을 짓더니 리모컨 버튼을 눌렀다. 그러자 기계음과 함께 좀 전의 휠체어는 어디론지 사라져버리고 묵직한 거미형 로버가 거실 중앙을 차지했다. 한눈에 봐도 괴상망측한 생김새에 수현은 실소를 금할 길이 없어, 허리에 손을 올리고 한참을 웃었다. 남편은 관자놀이의 뇌파 신경과 연결되는 센서를 가리키며 신경 감응형 로버라고 덧붙였다.

 "내가 사이보그라도 되란 말이야?"

 수현은 짜증을 냈다.

 "어쩌면 이게 우주에서 당신을 구할지도 몰라. 그러니 일단 받아줘! 내 선물이야."

 남편의 표정은 사뭇 진지했다. 만일의 사태를 대비해서 준비했다며 설득했지만 수현은 여전히 마뜩잖았다. 겉모양이 거미를 닮은 것은 그렇다 치더라도, 자신의 신체를 기계와 직접 연결한다는 것 자체를 용납할 수 없었다. 사고로 허벅지 아래의 신체를 잃었을 때도 인공 하체 이식을 거부했었다. 인생을 송두리째 바꿔버린 끔찍한 사고의 원인이 기계 오작동이었기에 수현은 철저한 메카노포비아가 되어버렸다. 이 프로젝트를 실행할 때부터 안드로이드는 물론, 그 흔한 휴머노이드도 극소수를 제외하고는 (그것도 정중혁이 주장하는 바람에 일부 포함하였다.) 거의 우주선에 탑승시키지 않았다. 공식적으로는 우주항행 시 안드로이드나 휴머노이드의 오작동이 발생하면 치명적인 영향을 줄 수도 있기 때문이라는 이유를 내세웠지만, 수현 개인적인 판단이 큰 영향을 끼쳤다. 승무원 중에는 정중혁과 타일러처럼 그녀를 이해해주려는 이도 있었지만, 닥터 션이나 강민의 경우는 그 지침이 전근대적이라며 잘 납득하지 못했다. 항행 초기, 일부 대원들은 프로젝트 기획자의 개인적 경험에 의거한 편협성 때문에 인간이 하지 않아도 되는 잡일까지 맡는다며 갈등을 빚기도 했다. 어쨌거나 지침은 받아들여졌고 덕분에 승무원들은 거의 대부분의 일을 직접 수행해야만 했다.

남편이 수현을 설득하는 데는 비행 출발 직전까지 거의 일주일이 걸렸다. 그러나 수현은 우주선에 탑승하자마자 로버를 여태 창고에 처박아두고는 잊어버렸다.

거미 로버는 드디어 조종실 부근에 도착했다. 입구는 그전의 모습과 사뭇 달랐다. 도서관처럼 정돈된 평소와는 딴판이었다. 온갖 물체가 뒤집히고 흩날리고 있었다. 먼저 도착한 대원들의 상기된 얼굴이 낯설었다. 지구를 출발한 이후, 구성원 전부가 당황하는 기색이 역력한 것은 처음이었다. 세 사람은 조종실 중앙으로 들어섰다. 그리고 얼음의 신 '카쟈드'를 만난 듯 그 자리에서 얼어붙었다. 거대한 암벽이 조종실 정면의 항행 스크린을 가득 채우고 있었다. 중앙 조종석에 앉은 정중혁의 얼굴도 붉게 상기된 채였다. 정중혁은 커다란 운전 패널 위로 양손을 바쁘게 움직이며 선체 여기저기의 상황을 확인하고 지시를 내리고 있었다.

"어떻게 된 거죠?"

수현이 인사도 생략하고 물었다.

"좌표에 없던 소행성과 충돌한 것 같아. 레이더에 전혀 포착되지 않은 천체였어. 그리고 우린 그것에 불시착한 셈이지." 정중혁은 말을 하다 말고 다급히 외쳤다. "미구엘, 엔진 구역에 난 화재는 어떻게 되었나? 흐를료시코프는 왜 대답이 없는 거야? 아수스, 소방하러 간 대원들과 휴머노이드 2기를 확인해보게! 맙소사 기기가 전부 방전되었다고? 그게 말이 돼? 그럼 A20 구역은 어떤가? 괜찮은 거야? 미구엘! 이니샤에게도 한번 알려줘봐."

엔진 구역의 화재가 심각한 듯싶었다.

"저희가 당장 지원할 수 있는 게 있습니까? 엔진실로 갈까요?"

타일러가 나섰다.

"아니, 다행히 엔진실은 불길이 잡혀가고 있어. 그것보다 더 급한 게 있다네. 좌현이 파괴된 것 같아. 그런데 지금 외부 센서가 고장 나 어떤 상태인지 모르겠어. 중력 변환장치도 손상이 된 것 같네. 선내 g 값이 0.7 정도밖에 안돼.”

정중혁이 패널 모서리의 중력계기판을 가리켰다. 그러고 보니 아까 중력이 들어오긴 했지만 줄곧 움직이기가 버거운 상태였다.

“그럼 일단 외부로 나가서 당장 살펴볼게요.”

몇 분 뒤 타일러는 강민과 함께 EMU로 갈아입은 채 기밀실 앞으로 나타났다.

“조심해 타일러, 강민 씨!”

감압이 되는 동안 두 사람은 기밀실의 작은 유리창 너머로 수현을 향해 동시에 엄지를 들어 보이고는 신속히 문밖으로 사라졌다. 그 이후에도 정중혁과 아수스, 통신담당 미구엘은 투입된 대원들과 사태를 파악하고 화재를 진압하기 위해 로봇들을 조작하고 긴급히 의견을 교환하느라 정신이 없었다. 과거 전쟁터 상황실이 이런 풍경이었을 듯했다. 아수라장이 된 조종실 여기저기서 급박한 외침이 오가는 중에도 수현은 진공에 갇힌 기분이었다.

혼란스런 생각이 머릿속에서 교차했다. 우주선이 난파되는 것은 꿈속에서나 벌어지는 일인 줄 알았다. 지금 벌어진 일들은 흡사 사전에 계획이라도 된 것처럼 느껴졌다.

구아바를 비롯한 바이오스피어 식물들의 생장 속도 변환, 갑작스럽게 기면 해제된 필립, 우주선의 난파까지. 그나마 다행이라면 꿈처럼 우주선이 두 동강이 나지는 않았다는 것이다.

드디어 강민과 타일러의 EMU 카메라가 스크린에 연결되었다. 대원들은 그들을 유심히 보다가 전파가 약해져 화면이 흐려지면 긴장했다. 그러다 다시 화면이 밝아지면 안도했다. 수현은 자신도 모르게 마른침을 연신 삼켰다. 조종실의 공기는 빳빳하게 메말라 있는 것만 같았다. 그렇게 반복하기를 한 시간 남짓, 한동안 캄캄했던 전송 스크린이 밝아졌다. 타일러의 카메라 화면이 작동하고 있었다. 모두의 시선이 한꺼번에 그쪽으로 모아졌다. 몇 번의 화면조정 끝에 라온제나호의 꽁무니가 드러났다. 유선형의 날렵했던 우주선의 실루엣은 온데간데 없었다. 라온제나호의 좌현이 완전히 소행성의 진흙 표면에 장난감처럼 처박혀 있었다. 조종실 여기저기에서 짧은 탄식이 흘러나왔다. 그마저 진흙 바닥이 아니었다면 우주선은 완전히 파괴되었을 것이다.

"상태가 어떤가?"

정중혁이 조심스레 물었다.

타일러가 운을 띄웠다. 흐려지는 전파를 타고 드문드문 목소리가 들렸다.

"일단 결론부터 말씀드리면… 동체… 자체에는 크게 이상이 없는 것 같습니다. 복구 후에 항행도 가능할 것 같군요."

여기저기서 안도의 한숨이 흘러나왔다.

"운이 좋았어요. 비상착륙으로 동체 옆 날개와 꼬리, 우측 후면, 중력보조 장치 일부만 파손되었습니다. 당장 지구에 구조요청을 안 해도 될 것 같습니다. 복구가 가능할 것 같습니다. 엔진만 제대로면요."

"엔진은 양호하다고 흐를료시코프에게서 지금 막 연락이 왔네."

"휴, 살았군요."

타일러가 웃었다.

"그럼, 복구에는 얼마나 걸릴 것 같나?"

"한 2~3주정도 소요될 것 같습니다. 양자스캐닝실과 일부 내부 시설이 엉망이 되긴 했지만, 엔진이 괜찮으니 가능할 거예요."

"정말 천운이군."

수현은 그의 말에 두 눈을 감고 감사의 기도를 올렸다. 십수 년 전 사고 후에 한 번도 기도를 올린 적이 없었지만, 이번만큼은 예외였다. 하늘이 그들을 포기하지 않은 것에 감사했다.

"손상된 전선은 교체 완료!"

타일러가 외쳤다.

"전체 시스템은 어떤가요?"

강민의 말에 정중혁이 동력 가동 버튼을 누르자 선내에 중력장이 정상적으로 돌아왔다. 사물들이 제대로 위치를 찾았다. 마침내 우주선 시스템이 안정적으로 구동되었다. 조종실의 커다란 스크린에는 AI가 보여주는 전체 상태가 드러났다. 중력장을 포함한 핵심시스템의 전체 가동률은 가용 범위인 70퍼센트 수준에 이르렀다. 가장 다행이라면 최고 광속에 0.1퍼센트 달하는 속도를 내는 다이달로스 핵융합 주력 엔진은 멀쩡하다는 것이었다.

"이제야 한숨 돌리겠군. 둘 다 수고 많았네."

정중혁이 말했다.

"아직 선체 옆 날개가 완전히 진흙에 파묻혀 있어요. 여기에서 벗어나려면 일정 기간 동안 진흙더미를 물리적으로 처리해야 할 거예요."

타일러가 거친 숨을 내쉬며 말했다.

"알겠네, 어차피 엔진을 수리해야 하니까, 일단 진흙을 제거하도록 하지. 그게 가장 최선일 것 같군. 굉장히 수고가 많았네. 자네들은 안전하게 복귀하게나."

정중혁은 다소 여유가 생긴 듯했다.

"알았다, 그럼 우리들은 일단 선내로 복귀하겠다."

"그래, 조심히 오도록."

정중혁이 말했다.

타일러와의 교신이 마무리 될 때까지도 아수스는 침울한 얼굴이었다.

"이봐, 아수스 자책하지 마."

수현이 다가가 그의 어깨를 다독였다.

"제가 한눈파는 사이에 그만⋯."

일등 우주 항행사이면서 부조종사인 아수스 뒤마소르에게는 한차례 폭풍과 같은 시간이 휩쓸고 간 것 같았다. 그는 망연자실한 표정을 지으며 자책했다.

"불가항력적인 사건이었다네⋯."

정중혁도 그를 진정시키려 애썼다. 탐사대의 비상 매뉴얼에 따라 정신을 잃은 선장을 대신해 정중혁이 역할을 대신해야 했다.

"아닙니다. 제 탓입니다. 정필 선배님과 아니, 정 임시 대장님과 교대 후에 정신을 집중했어야 했는데. 왜 이놈의 소행성을 보지 못했을까요? 미리 알아차렸어야 했는데⋯."

"레이더가 제대로 작동하지 않은 것 같아. 자네 잘못이 아니란 말일세. 오네로이 선장님이었어도 그렇게 여겼을 거야. 그리고 이만한 게 어디야? 자네 덕이지. 급히 궤도를 바꾸지 않았다면 우주선 전체가 깡그리 박살 났을 거야. 자자, 됐으니 그만 일어나게."

갑자기 교신 화면에서 타일러가 중얼거리는 소리가 흘러나왔다.

"대체 이게 뭐지? …안 돼!"

그리고 괴성이 울렸다. 타일러의 이름을 연속으로 부르는 강민의 목소리가 다급하게 들렸다.

"사람 살려…. 도와줘!"

타일러의 거친 숨소리가 이어졌다. 정중혁이 급히 무슨 일이냐며 두 사람을 차례로 호출했지만 한동안 아무 소리도 들리지 않았다. 대원들은 두 사람의 통신 화면을 뚫어져라 바라보며 숨을 죽였다. 어느새 수현의 손바닥에 땀이 흥건해졌다.

별안간 타일러가 탄성을 터뜨렸다.

"놀랐지?"

"뭐야, 이 아저씨?" 강민은 이골이 난 목소리였다.

"난 멀쩡해."

"정말 타일러 넌…! 지금이 장난이나 칠 때야?"

강민의 볼멘소리가 화면 너머로 들려왔다. 강민의 헤드셋 캠이 작동되면서 타일러의 EMU를 비추고 있었다. 타일러가 뭔가를 번쩍 들어 보였다.

"이것 보라고! 내가 뭘 발견했는지 알아?"

타일러는 희색이 만연했다. 뜬금없는 때에 그의 장난기가 발동한 것이다. 그의 손에 들린 건 그냥 평범한 마름모

모양 돌이었다. 태양계 어느 소행성에서나 볼 수 있는 그런 흔한 암석. 순간 그 돌이 빛을 발했다. 타일러의 얼굴에 찬란한 광채가 스며들었다.

아무리 봐도 겉보기엔 그냥 평범한 돌이었다. 좀 전의 급박했던 현실도 잊어버린 채, 타일러와 강민이 복귀하자 대원들은 마치 서로 약속이라도 한 듯 누가 먼저랄 것도 없이 돌을 얹어둔 회의실 탁자 주위로 몰려들었다. 그들의 얼굴은 대항해 시대 이국의 땅에서 건너온 진귀한 물건을 보려 몰려든 저잣거리의 군중들처럼 호기심이 가득했다. 뜨거운 눈빛들이 탁자 위 투명 보호막 아래의 돌로 집중됐다. 선내에는 모든 방언이 금지된 세계가 된 듯 침묵만이 감돌았다. 생명력 하나 없던 돌은 여전히 무겁고 거무튀튀한 빛깔을 띠기만 했다. 아무리 지켜봐도 그 어떤 변화도 없자 몇몇은 뚱한 표정으로 타일러 쪽을 흘끔거렸다.

"쳇, 겨우 돌덩이 하나 갖고 이 법석들이야?"

"위대한 발견이란 게 이건가?"

닥터 션이 빈정거리자, 흐를료시코프도 맞장구쳤다.

"좀 기다려봐요! 내가 아까 봤다니깐."

타일러가 응수했다. 신기하게도 타일러의 말이 떨어지기가 무섭게 암석의 표면에 변화가 이는 것 같았다. 돌덩이는 완전히 다른 존재가 된 듯 신묘한 빛이 표면 아래서 서서히 영글더니 삽시간에 사람들의 얼굴을 전부 새하얗게 물들였다. 창백한 달의 살갗 같은 월백색으로부터 인디언 추장의 깃털을 연상시키는 인디언 옐로, 샌프란시스코 금문교의 더치 오렌지, 버밀리온 그리고 붉은 샤플라워색에 이르기까지 현란하게 발산되는 다채로운 빛은 사람의 영혼마저 빨아들일 기세였다.

"거봐, 이랬다니까." 타일러의 푸른 눈동자가 커졌다. "내 말 맞지?"

그는 돌을 가리키며 한껏 고무된 얼굴이었다. 여지껏 눈치를 보느라 눈알을 굴리던 긴장된 얼굴에 미소가 번지더니, 타악기 연주자처럼 무릎을 치며 껄껄 웃어댔다. 돌은 분명한 광채를 발하고 있었다.

이니샤는 지구의 여느 형광석류와는 사뭇 다르다고 판단했다. 강렬한 빛이 발산되며 밝기가 춤추듯이 바뀌는 경우는 드물기 때문이었다. 대원들은 우주선이 난데없는 충돌로 난파된 절체절명의 운명에 놓였다는 것도 잠시 잊은 채, 넋이라도 나간 마냥 빛 속으로 빠져들고 있었다. 좀 전의 근심 가득했던 얼굴과는 딴판이었다. 동화 속의 피리 부는 사나이한테 홀린 듯 멍한 시선들이 방 안을 교차하는 동안 실내는 어느새 황홀한 빛으로 온통 물들었다.

　먼발치 뒤에서 지켜보기만 하던 수현은 백만 년 동안 얼음 감옥에 갇힌 사람마냥 얼굴이 경직되고 창백했다. 사람들 틈을 헤집고 맨 앞쪽, 탁자와 가장 가까운 위치로 다가갔다. 대원들이 펍에나 온 듯 와자지껄 떠들며 저마다의 이야기를 내뱉는 동안 수현의 얼굴은 박제된 듯 굳어버렸다. 바로 손을 뻗으면 닿을 수 있는 거리에서 수현은 시시각각 형형색색 불길한 빛들을 발하는 존재를 응시했다. 꿈속에서 본 물체와 똑같았다.

　모양이 삼각형이 아닌 마름모꼴 이라는 것과 크기만 좀 작아졌을 뿐, 꿈속에서의 모습 그대로였다. 악몽 속 장면들이 주마등처럼 뇌리를 스쳤다. 갑작스런 소행성 충돌로 인한 우주선의 난파와 기이한 돌의 출현.

　수현은 현기증이 일었다. 그녀의 눈길이 재차 돌로 향했다. 그리고 돌을 덮고 있는 투명 보호막을 건드리는 찰나 수현은 그만 몸을 움츠리고 말았다. 마치 감전이라도 된 듯 알 수 없는 서릿발 같은 기운이 전신을 관통했다. 돌이 내뿜는 카멜레온처럼 바뀌는 영롱한 빛은 몸서리쳐질 것만 같은 으스스한 기운을 머금었다. 아까보다 훨씬 더 강렬하게 수현의 뇌리로 각인되고 있었다.

"일종의 형광석인가? 빛이 나는 걸 보니…." 미구엘 로비앙이 흘끔 수현을 보며, 이니샤에게 물었다. "안전은 한가요?"

"안전성 면에서 당장 문제는 없어 보여요." 미간에 붉은 빈디를 한, 이목구비가 또렷한 이니샤가 말했다. "자외선을 쬐고 방역소독을 철저히 한 다음, 기밀실에서 간이 분석 장치로 읽어보았어요. 방사능이나 인체에 유해한 물질은 발견되지 않았습니다. 그리고 또한 기타의 여러 분광 장치, 나노입자 검출 심지어 회절 장치까지 광석과 관련된 모든 것을 점검해봤는데 특이점은 없었어요."

"그렇다면 다행이군. 그러니까…."

타일러가 더 말하려는데 수현이 끼어들었다.

"저 이거… 본 적 있어요…."

모두의 시선이 수현에게로 향했다.

정중혁이 의아한 표정을 지었다.

"무슨 소리인가?"

"어디서 봤다고?"

타일러도 물었다.

"그러니까… 어디서인가… 본 적이 있는 것 같아요…."

꿈속에서 말이에요, 라는 말이 목구멍까지 올라왔다. 꿈에서 우주선이 괴물체에 의해 공격을 당했고 난파되었다고, 생생하게 기술하고 싶었다. 하지만 참아야만 했다. 그런 걸 지금 말해봤자 대체 누가 믿겠는가? 이런 상황에?

"그랬을 수도 있어요. 수현. 가끔 지구상에서도 다양한 파장의 빛을 내는 감람석이 있으니깐요." 서글서글한 눈빛의 이니샤가 고개를 끄덕였다. "하지만 글쎄요. 일반적으론 야명주들이 빛을 내는 건 라듐이나 우라늄, 이터븀, 이트륨 같은 방사성 원소 때문이죠. 그런 성분이 없는데도 이런 건 아무래도 삼중수소 때문이 아닌가 싶기도 하군요. 좀 더 봐야 알겠지만요."

"아무리 그래도 그렇지, 어떻게 저렇게 지속적으로 다양한 빛을 낼까?"

팔짱을 끼고 골똘히 생각하던 흐를료시코프가 중얼거렸다.

"그래서 말인데 이건 좀 비과학적 관점이지만, 뭐랄까 종교적인 형체를 닮기도 했거든요."

"종교적인 게 뭐 어쨌단 말이오?"

"아, 아무것도 아녜요. 그냥 차크라나 푸루샤가 생각나서 한 얘깁니다."

"차크… 뭐요?"

"고대 상키야 철학이나 하타요가에서…."

이니샤가 말을 채 끝내기도 전에 흐를료시코프가 말을 끊었다.

"하! 또 그 힌두교니 우파니샤드니 하는 거? 왜, 잘 나가다 삼천포로 샐까? 여보쇼! 람브슈크리 박사! 당신이 열렬한 힌두교 신자인 건 알겠지만, 아무리 그래도 그렇지, 우주 광물학자가 왜 그렇게 종교 얘기를 많이 해?"

"이 우주는 과학으로 이해할 수 없는 일들이 너무 많죠. 연구를 하면 할수록 그렇게 느껴요. 아무튼 삼가도록 하죠. 취향이 아닐 수도 있으니. 그리고, 저는 우주 광물학자가 아니라 '우주 토양 광물학자'입니다."

"뭐요?"

"공식 명칭은 제대로 써야죠."

흐를료시코프가 잔뜩 인상을 쓰는 통에 분위기가 애매해지자, 잠자코 있던 아수스가 나섰다.

"이름이나 하나 지어주죠? 아스틸베 어때요?"

아수스 뒤마소르가 진한 눈썹을 치켜 떴다. 그가 설명이 필요하다는 걸 느꼈는지 몇 마디를 덧붙였다.

"아스틸베는 남미의 고산지대에 사는 다년생 꽃이에요. 보통 '초난설초'라고도 하며 '눈꽃'이라고도 하거든요. 어릴 적에 제 어머니 고향에 가면 흔히 보던 꽃인데, 신기하게 이 빛나는 돌을 보자마자 떠올렸어요. 많이 닮았어요. 평범한 돌덩이라고 하기보다 진귀한 것이니까 꽃 이름이라도 지어주면 어떨까 싶거든요."

스와힐리어를 쓰는 아프리카인 아버지와 남미계 어머니 사이에서 태어난 아수스 뒤마소르는 어린 시절 외할아버지 댁을 방문했었던 기억을 되살렸다.

"새로운 우주 광물을 발견한 기념으로도 괜찮겠군요. 학자들도 가끔 특별한 발견물에 공식적 학명을 짓기 전에 임시로 별명을 붙여주기도 하니깐."

이니샤가 거들었다.

"음, 그거 좋은 생각이네."

타일러가 맞장구쳤다.

"아스틸베라…" 정중혁이 중얼거렸다. "좋아, 나도 동의하네. 편의를 위해서라도 필요할 것 같군. 여러분 의견은 어때? 특별한 이견 없으면, 앞으론 아스틸베라고 하지. 최초 발견은 타일러가 했지만 지금부터는 이니샤 박사가 저 것 아니, 아스틸베를 맡아주길 바라네. 자, 그럼 구경은 여기까지 하고…."

정중혁이 대원들을 한 번 둘러보더니 두 손을 비비며 마무리 지으려 했다. 순간 쿵쿵거리는 소리가 어디서 들리더니 검은 그림자가 잽싸게 탁자 위를 스쳐 지나갔다. 필립이었다. 순식간에 빛나는 돌, 아니 아스틸베가 어느새 검고 긴 필립의 손아귀에 쥐어져 있었다. 갑작스러운 사태에 모두 당황한 표정으로 천장 모서리에 달라붙은 녀석을 올려다봤다.

"아니, 저 녀석이! 여기서 뭐 하는 거야?"

닥터 션이 소리쳤다.

"필립은 캐빈에 있어야 하는 것 아닌가?"

정중혁이 영문을 몰라 하며 수현에게 물었다.

"이번 사태로 동면해제되면서 많이 놀랐는지 제가 직접 실험실에서 돌봐주던 참이었어요. 제가 자리를 비우니까 여기까지 따라왔나 봅니다. 제가 알아서 할게요." 수현이 난처한 표정을 지으며 휠체어를 움직여 앞으로 나아갔다. "필립, 그러면 못써. 이리 온!"

수현이 필립을 향해 팔을 들어 올렸다. 수현은 어깨를 움츠리거나 입으로 소리를 치고 손가락 방향을 바꾸어 섞어가며 가능한 언어적·비언어적 수단을 모조리 동원했다. 그래도 필립은 아무 반응도 없이 천장에 매달려 멀뚱히 아래를 내려다볼 뿐이었다. 돌을 높이 들어 핥고 입을 크게 벌려 송곳니 끝으로 획득한 전리품을 갈아대며 깨물기를 반복했다. 호기심 많은 다섯 살짜리 수컷 침팬지는 빛을 발하는 신비의 물체에 푹 빠져 있었다. 아스틸베를 꼭 쥐고 놓아줄 기미가 아예 보이지 않자 흐를료시코프와 닥터 션이 번갈아 크게 소리를 질렀다. 그러자 필립은 미간을 잔뜩 일그러트리고 쿠쿠거리는 큰 소리까지 곁들이며 사람들에게 위협적인 자세를 보이기까지 했다.

"환장하겠네, 저게 구아바 열매인 줄 아나 봐! 필립 그거 먹는 거 아니래도!"

보다 못한 타일러가 초조하게 얼굴을 양손으로 감싸며

달래보려 했지만 녀석은 아랑곳하지 않았다.

"어서 내려오지 못해!" 닥터 션이 신경질적으로 천장을 향해 소리쳤다. "김 박사, 싱크로를 써서 녀석에게 명령해. 당장 내려오라고."

"싱크로가 고장났어요."

수현이 말했다.

"그럼, 마취총을 써서라도 해결해야지."

닥터 션이 미간을 일그러뜨리며 짜증 섞인 소리를 내뱉었다. 대원들을 보호해야 한다는 명분이었다. 몇몇으로부터 따가운 눈길이 느껴졌음에도 그는 신경쓰려 하지 않았다. 본능적으로 수현은 이제는 참을 때가 아니라는 걸 깨달았다. 수현이 휠체어를 뒤로 돌려 빤히 그의 상판을 보았다. 큰 키의 민머리 남자가 거만한 표정으로 내려다보고 있었다. 이 남자는 처음부터 필립에 관한 일이라면 사사건건 따지고 시비를 걸어 왔다. 꿈에 시달리는 그녀에게 내려준 처방도 형편이 없지 않았는가?

"실버 드림까지는 아니고. 우주에서는 흔히 있는 증상이죠. 무시해도 좋지요. 걱정하지 마세요."

"김수현 박사, 지금 나와 뭐 하자는 거지?"

"저에게 하도 자주 쓰는 말씀이셔서 자연스레 생각이 나는군요. 지금 상황에도 딱 들어맞는 말인 것 같아서. 생각해서 드리는 말씀인데 침팬지는 보기보다 굉장히 힘이

셉니다. 성인 남성 서너 명도 너끈히 당해낼 정도죠. 그냥 손에 힘을 주면 멀쩡한 볼링공 하나쯤은 간단히 박살 낼 걸요, 아마. 그러니 함부로 저 친구를 자극하지 마세요. 이 건 제게 맡겨요."

두 사람의 눈빛이 순간적으로 엇갈렸다. 수현은 닥터 션 의 분개한 눈빛을 무시하고 의연한 눈빛으로 필립을 다시 응시했다. 그리고 엄지와 검지를 한꺼번에 입에 넣고는 휘 리릭 휘파람을 불었다. 수현이 필립에게 무언가를 요구할 때 쓰는 동작이었다. 익숙한 소리에 엉겁결에 동작을 멈춘 필립이 수현을 내려다보았다. 수현이 팔을 들어 손목을 꺾 어서는 손가락을 이리저리 갸웃거렸다. 이내 검지로 필립 을 한번 가리키고 방향을 바꾸어 자신을 가리켰다. 언제 그랬냐는 듯 필립이 천장에서 내려오더니 휠체어에 탄 수 현의 품에 안겼다.

"그래! 좋았어. 필립."

수현이 필립의 뺨에 입술을 갖다 댔다.

"이젠 그건 엄마에게 줘요."

필립이 끽끽대며 뭐라고 하자. 수현이 잇몸이 드러나도 록 활짝 웃으며 한 손으로 머리를 쓰다듬었다. 나머지 한 손으로는 슬며시 아스틸베를 필립의 손에서 거두었다. 녀 석은 보드라운 손길에 정신이 팔렸는지 아스틸베를 이젠 거들떠보지도 않았다. 수현이 눈짓을 하자 실리콘 장갑을 착용한 이니샤가 재빨리 등 뒤로 다가가 갓난아기 다루듯 아스틸베를 조심스럽게 들어 투명 케이스 안으로 옮겼다.

"사람이나 동물이나 둘 다 손발이 척척 맞는구먼. 참… 그 녀석."

흐를료시코프가 수현과 이니샤를 번갈아 보며 묘한 칭찬 같은 말을 내뱉다가 물끄러미 필립을 보더니 입맛을 다시며 혀를 끌끌 찼다. 그리고 닥터 션의 뒤를 따랐다. 수현은 닥터 션의 열렬한 지지자인 동력제어장(將) 흐를료시코프의 눈길을 짐짓 무시했다. 더 이상 필립이 사람들에게 불편함의 대상이 되지 않은 것이 감사했다.

수현은 필립의 돌발적인 행동의 원인이 친구를 잃은 상실감에서 비롯된 것이라고 짐작했다. 아스틸베에 집착반응을 보인 것도 같은 맥락이었을 것이다. 지구를 출발할 때, 필립에게는 루시라는 친구가 있었다. 루시는 두 살짜리 암컷 침팬지였다. 루시가 스트레스성 발작으로 목숨을 잃자, 필립은 여러 가지 정서적 불안 증세를 보였다. 그걸 아는 정중혁은 캐빈을 벗어난 곳에서도 필립이 생활할 수 있도록 허가해 주었다.

아스틸베는 마치 루브르 박물관에 전시된 나폴레옹의 전리품처럼 투명 유리 상자에 보관되어 승무원들이 볼 수 있는 접견실에 놓였다. 다들 우주선을 재가동시키기 위한 수리 작업에 몰두했다. 한편 수현에게도 버릇이 생겼다.

직접 아스틸베를 보러 수시로 접견실을 들락거렸다. 수현은 꿈에서 벌어진 일이 현실에서 유사하게 나타났다는 게 아직도 믿기지 않았다. 예지몽 같은 것들이 더 이상 일어나지 않기를 빌 뿐이었다.

며칠이 더 지났다.

타일러와 강민 그리고 대부분의 대원들이 육중한 EMU를 입고 외부작업에 매달렸다. 아쉬운 대로, 가동이 가능한 안드로이드 몇 대라도 투입시킨 덕분에 고장 났던 기기들이 순차적으로 기능을 회복하기 시작했다. 땅속에 파묻혔던 동체의 좌현도 제 모습을 찾아가는 등 주요 작업들이 순조롭게 진행되었다. 가끔 필립이 어떻게 수를 썼는지 접견실 유리 상자 속에 보관된 아스틸베를 가지고 놀다 어디론가로 사라졌다 재차 나타나기를 반복했다. 녀석은 어느 때보다 유쾌해 보였다. 그간 불안에 시달리며 신경질을 내던 모습은 많이 줄었다. 대원들도 필립과 함께 즐겨 생활하는 것 같았다.

다만 아쉬운 게 있다면 뇌파 싱크로 통신기기가 먹통이

되는 바람에 당분간 필립과 수어로만 소통할 수밖에 없다는 것이었다. 통신담당 미구엘이 수리하려고 용을 써봤지만 허사였다. 이런 애로 사항을 아는지 모르는지 필립의 관심은 온통 아스틸베에 쏠려 있었다. 신비의 돌은 필립에게는 장난감을 넘어 신체의 일부와 같은 존재가 된 것 같았다. 그러나 언제든 컨디션이 바뀔 수도 있기 때문에 한시도 긴장의 끈을 놓을 수 없었다.

수현은 여태 필립에게 많은 신경을 쏟았다. 아직은 멀쩡해 보이지만 어린 영장류에게 누군가의 죽음은 감당하기 어려운 정신적인 트라우마를 입혔다. 아수스와 강민 같은 일부 대원들은 틈만 나면 녀석이 곤히 잠들 때까지 자장가를 부르며 안아 주기도 했다. 어쨌거나 이 난리통에 필립이 무사하다는 사실이 다행이었다.

수현의 삶에 있어 침팬지는 특별했다. 수현은 원래 운동선수였다. 국가 대표를 할 정도로 앞날이 기대되는 우주 레이스 선수였다. 그녀의 주 종목은 스페이스 슈퍼 레이싱이었는데, 여섯 기의 초강력 플라즈마 제트 엔진을 장착한 콜벳을 타고 달과 화성, 세레스 소행성대에 조성된 레이싱 경기장에서 최고 시속 10,000킬로미터로 달리는 우주 레이스 중에서도 최고의 인기를 자랑했다. 그녀는 레이싱 중간에 차량에서 도약하여 무중력 공간을 맨몸으로 가로지르는 이른바 '날다람쥐 포지션'을 취하다 우주바이크로 환승하는, '더블레이싱'이라는 거친 경기를 했던 몸이었다.

수현의 실력은 타의 추종을 불허했다. 인기도 굉장했다. 그 일이 있기 전까지는 말이다. 결승전에서 피니시 라인을 앞두고 욕심을 부린 것이 화근이었다. 도약속도가 평소보다 20퍼센트나 빨랐기에, 기록 경신을 확신했다. 수현은 머신의 해치를 열고 보기 좋게 날다람쥐 포지션을 취하며 허공으로 날아올랐다.

그때 왜 터미널 리스크를 체크하지 않았을까? 맨몸 비행 직전, 주변 공간의 위험성 점검을 잊은 것이다. 수현은 아무리 고쳐 생각해봐도 그때의 자신을 이해 할 수 없었다. 왜 그랬을까? 플라즈마 엔진 과열 폭발로 궤도를 벗어난 경쟁자의 콜벳 머신 파편이 시속 70,000킬로미터로 그녀를 향해 돌진해왔다. 모든 불행은 한꺼번에 겹쳐서 일어난다고, 사령팀에서 긴급 호출을 했지만 통신기기까지 오작동하는 바람에 수현은 들을 수 없었다. 수현은 사냥당한 철새처럼 허공에서 몸이 갈가리 찢겼다. 하반신만 날아간 건 그 와중에도 운이 좋았다고 할 수 있을까? 부러진 팔과 목은 정형외과 수술로 고쳤지만, 몸 전체는 '스페이스 슈퍼스타 더블레이서 김수현'으로 돌아가기에는 턱도 없었다. 그저 목숨을 건진 것만으로도 다행이라 여기고 싶었다. 하지만 거대한 늪이 자신의 삶 앞에 버티고 있을 줄이야.

가장 힘들게 했던 건 다시는 우주 레이스에 참여할 수 없다는 것이었다. 바이오 프린팅이나 자가복제, 줄기세포 시술 등 생명공학으로 신체 재생을 시도하기에는 부상 정도가 너무 심했다. 하반신을 기계로 대체할 수도 있었지만, 사이보그 수술은 곧 선수자격의 박탈을 의미했다.

부모님은 선수 생활을 그만두더라도 또 다른 삶을 살아야 한다며 기계 시술을 설득했다. 수현은 끝내 그 결정을 거부했다. 기계로 대체된 신체를 무기력하게 바라보는 삶은, 좀비보다 못한 인생이었다. 자신의 삶을 처참하게 파괴한 기계를 저주했다.

수현은 세상과 담을 쌓고 바닥도 끝도 없는 림보의 세계로 침전해갔다. 재활 과정 중에 때론 분이 가라앉지 않으면 괴성을 지르다 악을 쓰며 거울에 침을 뱉고 벽지를 찢어버리기 일쑤였다. 매일 술을 마시고 헛구역질이 나도록 괴팍하게 고함을 내뱉다 보니 불과 몇 년 만에 화려했던 겉모습은 어디론가 사라졌다. 나이는 스물여덟에 불과했지만, 수십 년은 더 늙어 보이는 사람이 거울 앞에 있었다. 쏙 들어간 볼, 움푹 패인 눈, 주름진 이마와 푸석푸석한 피부, 메마른 머리털… 영락없는 폐인이 된 것이다.

봄 햇살을 쬐고 마음을 추스르려 들린 도서관에서 먼지를 잔뜩 뒤집어쓴 오래된 종이책을 집지 않았으면, 수현은 계속 침잠했을지도 몰랐다. 『제3의 침팬지』. 100년도 훨씬 전에 '재레드 다이아몬드'라는 석학이 쓴 책이었다. 이 오래된 도서가 그녀의 마음을 단번에 사로잡았다. 침팬지 연구와 환경운동에 평생을 바친 제인 구달 박사가 우연히 중고 서점에서 『타잔』을 읽고 아프리카에 매료되어 인생이 바뀐 것처럼, 『제3의 침팬지』도 수현의 인생을 바꿨다. 거침없는 진화적 상상과 성에 대한 해석이 흥미로웠다. 이 내용이 자신이 오래전 아버지에게서 들었던 바이오스피어2 프로젝트에 대한 이야기와 맞물려 세상에 대한 열정을 다시 끓어오르게 만들었다.

바이오스피어2는 1990년대 초, 애리조나 투산 사막에서 인류가 지구를 벗어나 다행성 종족이 되게 하겠다는 원대한 꿈을 꾸던 자신만만한 벤처사업가들에 의해 인류 최초로 시도된 담대한 프로젝트였다. 천문학적인 거금을 쏟아 부어 사막에서 외부와 완전히 차단된 인공생태계를 완성하겠다는 야심찬 목표로 출범했던 프로젝트는 단 2년 만에 안타까운 실패로 돌아갔다. 그들의 꿈은 허무한 몽상에 그칠 것 같았지만 그 정신만큼은 후대에도 살아남았다. 여러 세대에 걸쳐 지구 밖 외계 행성의 테라포밍과 함께 프로젝트는 계속 시도되었다.

수현은 이 책에 빠져들면서 술도 함께 끊었다. 그녀는 우주 생물학자가 되기 위해 학문의 길로 접어들었다. 인간에 대한 기대는 접었으나, 『제3의 침팬지』 덕분에 새로운 희망이 가슴속에 움텄다. 때문에 침팬지들에게도 새로운 진화의 가능성이 있다면, 새로운 우주 환경에서 그들의 가능성을 시험해보고 싶었다. 만약 침팬지들이 낯선 환경에 적응하는 게 가능하다면 인간도 살아갈 수 있을 터였다. 나아가 획기적 진화의 단초를 제공해보고 싶기도 했다. 인간이란 종족도 알고 보면, 아주 단순한 인자에서 발원하지 않았나? 그게 최초의 우주 바이오스피어3에 대한 수현의 발상이었다.

카페에서 화성의 바이오스피어 프로젝트에 관한 책을 보며 우주 진출에 관한 공상에 젖어 있을 때였다.

"그 책 재미있어요?"

수현은 얼굴을 들었다. 스마트 안경을 쓴, 한눈에 보기에도 박학다식해 보이는 인도계 여자가 곁에서 웃고 있었다. 단지 관심이 있어서라고 했더니, 여자가 말했다.

"실패 사례가 백과사전처럼 빼곡히 기록된 1천 페이지가 넘는 그 두꺼운 종이책을 매일 옆에다 끼고 밥 먹듯 읽는 건 쉬운 일이 아니죠. 그것도 항상 같은 자리에서요. 우주 레이서 김수현 아니신가요?"

이니샤는 수현을 잘 알고 있었다. 남동생이 우주 레이싱을 광적으로 좋아했기 때문이었다. 이니샤는 봄바람에 머리를 흩날리며 유리알 안경 너머 흥미로운 눈길로 지긋이 수현을 바라봤다. 허리를 굽혀 명함을 불쑥 건넸다. '우주 토양 광물학자 이니샤 M. 람브슈크리'라는 글자가 박혀 있었다.

그후 두 사람은 마치 전생에 대단한 인연이었는 듯 급속도로 가까워졌다. 얼마 남지 않은 수현의 팬들이 질투할 정도였으니 말이다. 전직 우주 레이서 출신 우주 생물학자와 우주 토양 광물학자의 만남은 획기적인 결과를 낳았다. 수현은 이니샤의 도움으로 그간 꿈만 꾸던 우주 바이오스피어, 이른바 '바이오스피어3'에 대한 발상을 현실로 만들어 갈 수 있었다. 몇 년 뒤 둘은 힘을 합하며 카이퍼벨트 모이라이 바이오스피어3 계획을 정부에 제안했다. 그것은 항성핵융합 기술로 제주도 크기의 인공태양을 소행성 궤도에 띄우고 우주선 허리를 띠처럼 감싸고 있는 바이오스피어를 소행성 지면에 정착시켜 라케시스를 비롯한 모이라이 삼성계를 생명이 살아 숨 쉬는 행성으로 탈바꿈 시키는 것이었다. 그것은 새로운 방식의 테라포밍일 뿐만 아니라 심우주 개척의 전초기지를 만든다는 측면에서도 획기적인 일이기도 했다.

우여곡절 끝에 그들은 모이라이 삼성계로의 여정을 시작할 수 있었다. 바이오스피어3 계획이 성공한다면 1980년대 아리조나 투싼 사막에서 최초로 시도된 바이오스피어2 계획이나, 원대한 계획 속에 출범했다 처참한 악몽으로 끝나버린 화성 테라포밍의 꿈과 이상이, 다시 한 번 모이라이에서 꽃 피울 수 있을 터였다.

화성 테라포밍을 위해 건설된 정착촌은 지구의 소외 계층 사람들을 마션드림(Martian Dream)이라는 미명하에 대거 식민이주시키는 바람에 오히려 사회적 갈등이 심화되는 꼴을 낳았다. 자의 반 타의 반에 의해 볼모의 땅으로 실낱 같은 삶의 희망을 이어가고자 이주했던 사람들에게 지구의 혹독한 기후와 오염과 쓰레기, 범죄보다 더한 생존투쟁이 기다리고 있었다. 얼마 지나지 않아 이주민들은 자신이 우주의 개척자가 아니라 지구에서 쫓겨난 낙오자일 뿐이라는 사실에 분노했다. 그 후 수많은 비극적 사건이 연속으로 재앙을 일으켰다.

현재 화성은 통제되지 않는 무정부 상태였다. 지구의 상황도 별반 나을 게 없었다. 앞을 내다보는 자들은 자연히 모성 밖으로 눈을 돌렸다. 태양계 밖 세계는 요원하기에 외행성계의 심우주에서 답을 찾는 것이 현실적이었다. 더 먼 미래를 위해서라도 태양계와 외부를 이어주는 중간 기착지는 필요했다. 심지어 군부는 외계의 알 수 없는 존재들의 침입을 항상 경계해왔다. 군부는 태양계 외곽의 든든한 파수대를 원했다. 종합적으로 고려했을 때, '모이라이 프로젝트'는 모든 가능성에 부합하는 최선의 선택지였다.

수현과 동료들은 지구 정부의 우주개발 결사체인 비타

카엘럼*의 든든한 지원하에 프로젝트를 출범시켰다. 우주선을 포함한 전체 계획은 수현과 이니샤가 공동 기획을 했지만, 수현은 바이오스피어3의 설계와 운영 그리고 우주에서의 생명현상 탐구에 집중하고 이니샤는 모이라이 삼성계의 토양과 지질 그리고 그 토대 위에 들어설 정착촌 구상을 책임지기로 했다. 그리고 행성에 생명의 기운을 불어 넣어줄 인공태양의 가동을 위한 전문가로 흐를료시코프를 비타 카엘럼으로부터 추천받았다.

프로젝트가 계획대로 차근차근 진행되는가 싶었는데, 출항일이 가까워졌을 무렵 모선이 될 우주선에 탑재된 AI 시스템에 심각한 결함이 발견되었다. 아무리 해도 그것을 해결할 수 없자 결국 한국의 라온제나호로 모선이 변경되었다. 그리고 그때 라온제나호의 우주항행사였던 정중혁과 아수스가 새 승무원으로 합류한 것이다. 라온제나호는 한국어로 '즐거운 나(우리)'를 뜻했다. 그러나 좋은 이름과는 달리 출항 직전까지도 여러 일 때문에 승무원들은 즐겁지 못할 때가 많았다. 한번은 훈련과정에서 승무원 후보가 예상치 못하게 교체되기도 했다. 가장 출중한 능력으로 의학분과에 선발되어 훈련을 함께 받은 닥터 제임스가 출항을 며칠 앞두고 사고를 당해 하차해야만 했던 것이다. 엎

---

* Vita Caelum, '생명의 하늘'을 의미하는 라틴어.

친 데 덮친 격으로 차선의 후보였던 닥터 후쿠미마저 갑작스런 발작증세로 입원하는 사태가 벌어졌다. 위원회는 하는 수 없이 3순위 예비 후보였던 닥터 션을 긴급 투입시키기에 이르렀다.

심지어 지금 우주선은 운석 충돌로 인한 불시착이라는 초유의 사태를 겪고 있었다. 그나마 다행이라면, 베테랑 엔지니어인 타일러와 강민 덕분에 수리가 원활하게 진척되어 우주선 재가동이 일주일이나 앞당겨진 것이었다.

이니샤는 이따금 힌두교식 기도를 올리곤 했다. 교대 근무를 하면서 그 광경을 지켜보던 수현은 불현듯 가족을 떠올렸다. 남편과의 통신이 생각났다. 순간 가족에게 미안하다는 생각이 들어 눈시울이 붉어졌다. 자신이 못난 엄마라는 생각이 들었다. 아이들에게 제대로 해준 것 없는, 자신만 아는 아주 이기적인 존재.

수현이 우주 생물학도 시절, 남편은 이웃 연구실에서 로봇 전공으로 박사과정을 밟고 있었다. 열렬한 우주 스포츠광이었던 남편은 왕년의 우주 레이서가 대학원생으로 입학했다는 소문을 듣자마자 수현을 찾아왔다. 처음에는 매사에 진지한, 기계를 다루는 남자의 구애에는 관심조차 없었다. 수현은 그 과도한 관심을 곧 사그라들 호기심 정도로 여겼다. 남편의 사랑은 진심이었다. 그는 의외로 엉뚱하고 유머스럽기도 했다. 찬찬히 보니 사람을 끌기에 충분한 매력의 소유자였다. 두 사람은 열렬한 사랑에 빠졌고 결혼을 하기에 이르렀다. 둘은 신혼 여행지에서 이란성 쌍둥이를 가졌다. 사고 이후 평생 독신으로 살리라 다짐했던 그녀에게 가족이 생기다니. 인생이란 뜻하지 않은 고통이 찾아오기도 하지만 의외로 가끔은 기적적인 일도 탄생하는 경이로운 작은 우주였다. 인생에 일어난 기적을 뒤로하고, 지금 자신은 태양계 끝자락에서 과연 무얼 하고 있는 건가…. 수현은 취침에 든 이니샤를 뒤로하고 통신실로 향했다.

"여보 잘 지냈어? 걱정 많이 했지? 그래도 이젠 괜찮아. 아이들은 어때? 앵두도 말썽 안 피우고?"

수현은 남편에게 영상편지를 남겼다. 안 그래도 최근의 상황 때문에 노심초사할 남편에게는 복구작업에 관해서, 모든 것이 확실하게 되기 전까지는 일언반구 하지 않기로 다짐했다. 오로지 그녀 자신의 일상과 남편과 아이들, 앵두의 안부만 물었다.

남편의 영상 답장은 한나절이나 뒤에 도착했다. 영상 속 얼굴은 한껏 고무되어 보였다. 남편은 어떻게 알았는지 아내가 드디어 카이퍼벨트 대의 소행성에서 탈출할 수 있다는 사실에 기뻐했다. 타일러가 몰래 귀띔해줬을 게 분명했다. 남편은 내색을 하지 않으려 했으나 아이들은 잘 있다고 대답하다 눈시울을 붉혔다. 수현이 눈물을 훔치는 와중 통신실 문을 누가 불쑥 열었다. 타일러였다.

"이제 며칠 남았지?"

수현이 애써 아무렇지도 않은 듯 시치미를 떼고 물었다.

"가동 시까지는 앞으로 한 사흘 정도? 79시간 남았군. 그런데, 수현. 좀 아깝지 않아?"

타일러가 탁자에 걸터앉으며 대꾸했다.

"뭐가?"

수현이 물었다.

"가족을 두고 지구에서 안정된 삶을 누릴 수 있었을 텐데. 여기까지 온 거."

타일러는 종종 뜬금없는 말을 던질 때가 있었다.

"그러는 넌 왜 결혼도 안 하고 우주를 떠도는 건데?"

수현이 응수했다.

"하하, 글쎄…."

타일러의 입이 삐뚜름해졌다.

그가 당황하는 사이 수현이 먼저 입을 열었다.

"난 사실 껍데기를 벗고 싶었어."

타일러로서는 예상치 못한 대답이었다. 그는 양팔을 들어 올리며 눈썹을 치켜떴다. 십 년 넘게 수현을 알고 지냈지만, 이런 식으로 우주 비행 동기나 철학을 털어놓는 건 처음이었다.

"흥미로운데? 껍데기를 벗다니?"

"너는 몰랐겠지만 전에 우주 레이서가 되었던 것도 그런 이유에서였어. 일상 속에 젖어 들었다 어느 날 문득 정신을 차려보면, 내가 마치 거대한 껍데기에 갇힌 것 같은 느낌이 들 때가 많았거든. 남편과 아이들에겐 정말 미안하지만, 결혼을 하고 나서도 마찬가지였어. 내가 지구라는 거대한 껍질에 엉겨 붙어서 사는 작은 존재일 뿐이라는 생각 말이야. 항상 그랬어."

순간 타일러는 수현을 다시 봤을 때가 똑똑히 기억났다. 우주 승무원을 위한 교육 프로그램에서였는데 웬 휠체어를 탄 여자가 당당히 전직 우주 레이서라며 자기소개를 했다. 누군가 해서 보니 김수현이 아닌가?

타일러는 첫 직장으로 우주 레이싱 머신 엔지니어로 근무했기에 수현을 단번에 알아봤다. 타일러는 입사 초기에는 머신 설계를 하다가 경주 현장으로 옮겨 머신 수리를 도맡았다. 워낙 어마어마한 돈이 걸린 산업이라 초임부터 보수는 두둑했다. 그러나 눈앞에서 우러러보던 레이서들이 불의의 사고로 목숨을 잃자, 타일러는 허무함과 죄책감에 시달렸다. 결국 업계를 떠나고 말았다. 당시 최고의 인기를 구가하던 수현의 사고도 유명한 사례였다. 그 인물이 승무원이 되어 눈앞에 나타날 줄이야. 같은 업계의 사람으로서 안면 정도만 있었으나, 타일러는 스스럼없이 수현에게 다가갔다. 둘은 곧 굉장한 친분을 갖게 되었다. 자신의 인생행로에 놓인 장애물을 뛰어넘어 새로운 일을 추구하는 이들끼리만 공유할 수 있는 특별한 연민 때문이었을까? 한동안 타일러와 수현이 사귀는 사이라는 헛소문이 퍼지기도 했다. 하지만 둘은 어디까지나 동료로서 존경과 우정을 나눴을 뿐이었다. 타일러는 수현에게 분명 거창하거나 원대한 포부가 있을 것이라고 생각했다. 그런데 껍데기라니. 의외의 단어였지만, 타일러는 수현이 진지하게 말하고 있다는 걸 알았다.

"껍데기라…."

우주에 온 목적이 껍데기에서 벗어나기 위함이라니…. 타일러는 속으로 뇌까렸다.

"처음엔 막연한 일탈의 개념이었다면, 시간이 갈수록 내가 새로운 세상에 대한 열망을 동경하고 있다는 걸 깨달았어."

"새로운 세상? 너무 어렵다."

"어렵지 않아. 그건 바로 생물들에게 새로운 보금자리를 만들어주는 거야. 태양계 끝에서 말이야. 바이오스피어 3는 그 열쇠인 거고."

"화성을 뛰어넘는 정착촌을 만들어보시겠다? 그게 껍데기를 벗는 거야?"

"그럼, 지구란 오래된 껍데기를 벗고, 새로운 껍데기를 만들어보자는 거지."

"뭐야? 표현은 소박했지만, 껍데기란 원대한 비전이었군. 거창한 목표잖아! 넌 대단해. 고대 그리스의 소피스트 같아."

타일러는 그녀의 표현법에 졌다는 듯 어깨를 으쓱였다.

"소피스트라도 될 걸 그랬나?"

수현도 되받아 너스레를 떨었다.

"그나저나, 필립 얘기가 나와서 말인데 저 녀석 요즘 수상하지 않아?"

그가 귓속말하듯 조용히 속삭였다.

"아니 전혀. 왜? 뭔데?"

"그게⋯." 타일러는 잠시 뜸을 들이다 소곤거렸다. "얼마 전이었어. 배선 보수 작업을 하던 중이었는데, 필립의 캐빈 근처에서 알 수 없는 소리가 나더라. 잠꼬대 같았어. 어쩐 일인가 싶어 캐빈 안을 들여다봤더니, 투명 격벽 너머로 빤히 나를 보고 있더라고. 눈길을 돌리려는데, 나에게 손짓을 하더군. 자신에게 오라는 듯. 녀석의 그런 행동은 처음 보는 것이라 신기하기도 하고 호기심도 들었지. 난 천천히 가까이 다가갔지. 그런데 필립이 손을 뻗어 내 멱살을 잡으려 들지 않겠어? 다행히 투명 격벽을 긁기만 했지만, 깜짝 놀랐지 뭐야. 더구나 그 표정이⋯."

"표정이 어땠는데?"

수현이 다그쳤다.

"섬뜩했거든. 사람의 그것과도 같다고 해야 할까?"

타일러가 덧붙였다.

"왜 그걸 나한테 이제 얘기해?"

"뭐, 당시엔 대수롭지 않게 생각했지. 사람이나 동물이나 우주 공간에 오래 있다 보면 예민해질 수도 있으니깐. 물론 평소랑은 좀 달랐지만 말이야. 더구나, 괜히 아무것도 아닌데 얘기했다가 안 그래도 바쁜 사람 신경 쓰게 만들까봐….'

타일러는 객쩍게 웃으며 얼버무리더니 이렇게 물었다.

"전에도, 그런 일이 있었어?"

그날 밤 아무리 잠을 청하려 했지만 잠이 통 오지 않았다. 서울 시간으로는 새벽 다섯 시였다. GAT로는 오전 1시 30분. 수현은 좁은 침대에서 이리저리 뒤척이다 타일러의 말을 떠올렸다. 필립의 행동이 미세하나마 뭔가 예전과는 달라진 듯했다. 얼마 전에는 아스틸베를 꼭 껴안고 있다가 별안간 던져버리더니 겁에 질린 듯 뒷걸음질 쳤다. 혼잣말하듯 알 수 없이 웅얼거리기도 했다. 그런 일이 몇 번 반복되었고 급기야 새파랗게 질려 수현의 품을 파고든 적도 있었다. 그럴 때 수현이 자장가를 불러주면 안정을 되찾곤 했다. 원체 예민한 성격이라 대수롭지 않게 생각했는데. 타일러에게 그런 공격적인 행동을 했었을 줄은 몰랐다. 어릴 때부터 가장 순하고 낙천적인 개체만을 모아 1차 탑승 후보군으로 삼지 않았던가? 그 후보군 중에서도 타고난 지능과 명민함 때문에 바이오스피어3 우주 임무 수행 최종 개체로 낙점된 것이 필립이었다. 녀석은 여태껏 그녀를 단 한 번도 힘들게 한 적이 없었다. 필립은 심리적으로도 가장 안정되었을 뿐만 아니라 감정적 동요가 낮고 다정다감한 개체였다. 실험체이기에 앞서, 최고의 친구이자 파트너였다. 뇌신경계 인지 후유증 때문에 영장류에 적용이 어렵다던 싱크로와 수화를 통한 기본 의사소통에도 전혀 문제가 없었다.

그렇다고 타일러가 없는 것을 지어내지는 않았을 것이다. 어쩌면 관찰자 오류가 아닐까? 우주 공간에서는 우주 방사능 입자가 인간 신경계에 과민한 반응을 일으켜 사실과 다른 환시를 보여주기도 한다. 수현은 괜시리 마음이 복잡해졌다. 타일러가 착각을 한 것이리라. 그렇게 결론내리고 나니 피곤이 몰려왔다.

내일을 위해 충분한 휴식을 취해야 했다. 거듭 잠을 청하려 했지만 잠이 오지 않았다. 뒤척이기를 반복하고 있는데, 어디선가 이상한 소리가 들렸다. 캐빈 쪽이었다. 수현은 필립이 소음을 내고 있다는 걸 직감적으로 알아챘다.

신경이 쓰였다. 수현은 침대에서 몸을 틀어 휠체어로 갈아
타고는 캐빈 쪽으로 향했다.

"필립, 아직 안 자고 있었니?"

캐빈에서는 아무런 기척도 나지 않았다. 웬일인지 실내
등까지 들어오지 않았다. 수현은 휴대용 전등을 꺼냈다.
일순 동물의 안광이 번뜩거렸다. 맙소사! 유인원류는 사람
처럼 망막의 휘판이 없어 애초에 안광 같은 것이 있을 수
없었다. 순식간에 온몸에 소름이 확 돋았다. 귓전에 맥박
소리가 쿵쾅대며 울리는 것 같았다.

서늘한 어둠 속에서 누군가 그녀를 응시하고 있었다. 수
현은 입술을 깨물고는 침을 꿀꺽 삼킨 다음 서서히 손전
등을 캐빈 안으로 비추었다. 팔이 떨리는 걸 간신히 참았
을 때, 빛의 원주 안으로 무엇인가 드러났다. 갈색 형상의
그 무엇…. 필립이었다. 분명히 필립이었다. 어둠 속에서
녀석이 자신을 빤히 바라보고 있었다. 하지만 수현이 알고
있는 필립이 아니라는 느낌이 들었다.

수현은 아무렇지도 않은 표정을 지으며 투명 스크린을
해제하고 캐빈 안으로 들어섰다. 평소 같으면 여지없이 그
녀에게 반갑게 안길 필립이었다. 그러나 녀석은 아무런 반
응 없이 어두커니 서 있었다. 자세히 보니 필립의 품 안에
아스틸베가 있었다. 대체 저걸 언제 가져온 것일까? 필립
은 양손으로 돌을 꼭 부여잡고는, 사념에 잠겨 묵상하듯

고개를 수그렸다.

휠체어 바퀴가 지푸라기를 밟은 듯 거슬리는 느낌이 들어 무심결에 아래를 보니, 여러 뭉치의 흑갈색 털이 흩어져 있었다.

이건… 필립의 털 아닌가? 수현이 낮게 중얼거렸다. 바닥 여기저기에 털이 수북이 쌓여 있었다. 어쩐 일이람? 수현은 최대한 자극을 주지 않으려고 전등을 바닥 쪽으로 내려 간접조명을 취하며 가까이 다가가려 했다. 하지만 녀석은 벽 쪽으로 바짝 붙어 뒷걸음 쳤다. 거리가 좁혀지자 팔을 휘젓고 돌연 송곳니를 드러내며 사납게 으르렁거렸다. 그러고는 이리저리 벽을 치고 발을 굴렀다. 성난 야수 같은 포효가 우주선에 메아리 쳤다. 눈에는 핏발이 서 있었고 마치 정전기에 오른 듯 온몸에 털이 촘촘히 곤두서 있었다. 필립이 휘두른 손톱에 스친 수현의 팔에 생채기가 생겼다. 수현은 어쩔 수 없이 뒤로 물러났다.

섬뜩했다고. 사람의 그것과도 같다고 해야 할까?

타일러의 말이 떠올랐다. 단 한 번도 필립은 난폭하게 반응한 적이 없었다. 둘은 사람들이 엄마와 아들로 부를 정도로 친밀한 사이였다. 갑자기 공격적이고 적대적인 반응이라니. 이름을 부르면 엉금엉금 다가와 품에 살갑게 안기던 필립과는 사뭇 달랐다. 수현은 어떻게든 해결이 필요하다는 생각이 들었다. 녀석을 향해 아무렇지도 않은 표정을 지으며 침착하게 말을 건넸다.

"필립, 괜찮니?"

「오지 마. 가까이 오지 말란 말이야! 저리 가!」

필립이 수어로 손짓했다. 녀석의 이마엔 어느새 골 깊은 주름이 산맥처럼 뻗어 있었다.

「왜? 무슨 일이니?」

수현이 차분히 손을 들어 대꾸했다.

「어서, 집으로 돌아가야 돼! 더 이상 가면 안 돼!」

수현은 자신이 제대로 수어를 본 건가 싶어서 멍하니 필립을 바라보았다. 녀석이 손가락을 직각으로 포개어 명확히 보여주었다. 집을 뜻하는 동물 수어였다. 수현이 어리둥절해하는 사이 필립은 긴 팔을 벌려 두툼한 입술을 있는 대로 쭉 내밀며 우우거리는 소리를 반복적으로 내더니 공포에 질린 표정을 지었다. 필립이 허공을 가르며 다시 재빠르게 손을 움직였다.

「모두, 위험해! 그냥 집으로 돌아가!」

「대체 왜 그러는 건데?」

수현이 수어로 물었다.

녀석이 아스틸베를 머리 위로 번쩍 들었다. 갑자기 돌이 불그스름하게 변했다. 필립의 날 선 시선이 돌의 빛에 빨려들듯 빛의 중심으로 집중되었다. 녀석이 무언가를 웅얼거리자 아스틸베는 버밀리온 같은 주홍빛을 내뿜더니 순식간 눈이 부실 정도로 화려한 샤플라워색 광선을 사방으로 내뿜었다. 수현은 놀라 몸을 움츠렸다. 직사광선이 캐빈과 우주선 곳곳을 누비며 환하게 만들었다. 광량이 최대치에 이르자 온 사방이 진동하는 것처럼 느껴졌다.

수현은 눈을 감고야 말았다. 머리가 깨질 듯 아팠다. 두뇌가 터져버릴 것 같은 찰나, 어디선가 괴성이 섞인 둔탁한 소리가 들렸다. 돌덩이가 바닥에 부닥치는 소리였다. 놀란 필립이 아스틸베를 바닥에 내동댕이 친 게 분명했다. 순간 휠체어가 한쪽으로 기우뚱하더니 다소 거친 털의 촉감이 목덜미를 스쳤다. 필립이 그녀의 품으로 파고든 것이다. 눈을 뜨지 못했지만 체취로 알 수 있었다. 뺨에 무엇인가 뜨뜻한 액체가 흐르는 것 같았다. 겁에 질린 녀석이 분명히 울고 있었다.

"괜찮아, 필립… 괜찮아…."

수현은 늘 하던 것처럼 팔을 올려 녀석의 목덜미를 쓰다듬어 주었다.

「위험해! 다들 위험해! 엄마, 나 좀 구해줘.」

녀석은 여전히 벌벌 떨고 있었다.

「더 이상 가선 안 돼! 어서 집으로 돌아가!」

번쩍 눈을 떴다.

수현은 좁은 침대에서 가까스로 몸을 일으켰다. 머리가

띵하고 어쩐지 느낌이 이상했다. 또 생생한 꿈이었다. 팔목이 아렸다. 소매를 걷어 올리자 희미한 녹색 수면등 아래로 흰 팔뚝이 드러났다. 여기저기 붉고 깊게 팬 선명한 상처 자국이 보였다. 수현은 얼른 휠체어로 몸을 옮겨 캐빈으로 향했다.

"필립! 어디 있니?" 어떠한 기척도 없이 공허한 외침만 울렸다. "필립!"

캐빈은 텅 비어 있었다.

"걱정마. 어딘가 있을걸세."

"분명 그 빛나는 돌을 가지고 '내 보물, 내 보물' 하면서 우주선 어딘가에 웅크리고 있겠지."

정중혁과 타일러가 수현을 위로하려 했지만 귀에 잘 들어오지 않았다. 우주선 구석구석을 목이 쉬도록 이름을 부르며 샅샅이 수색했지만 필립은 끝내 나타나지 않았다. 선내의 CCTV를 전부 수동모드로 일일이 다 되돌려보고 출입기록 화면을 뚫어져라 살펴봐도 도대체 어디로 사라졌는지, 녀석의 행방은 오리무중이었다. 심지어 아스틸베도 함께 사라져버렸다.

어서, 집으로 돌아가야 돼! 더 이상 가면 안 돼!

수현은 꿈속에서 필립이 남겼던 말들을 곱씹었다. 수어로 전달했던 기묘한 말이 자꾸 눈에 어른거렸다.

수현은 계속 밤잠을 설치기 일쑤였다. 그 사이 보수 작업은 막바지에 이르렀다. 모이라이 삼성계에 도달하기 위한 마지막 기일을 맞추기 위해 대원들이 선외 보수 작업에 매달렸다. 아침부터 아수스는 강민과 선외에서 근무 중이었다. 파일럿인 아수스에게 익숙지 않은 선체 보수를 맡기려 하지 않았지만, 그가 자신도 역할을 하겠다며 고집을 부렸다. 기일을 맞추기 위해서는 일손이 한 명이라도 필요한 건 사실이었다. 의외로 손재주가 좋은 아수스는 강민의 조수 역할을 그런대로 잘 수행했다.

한참을 동체 무산소 용접 작업에 몰두할 무렵, 강민은 좌현 날개 쪽에 있어야 할 선외 감마선 분광기-광시야편광카메라 복합 모듈의 빈자리가 눈에 밟혔다. 이 소행성에 불시착하면서 동체에서 이탈된 것이 못내 아쉬웠기 때문이었다. 당장 우주선 운항에는 필요치 않겠지만 모이라이에 이르게 되면 탐사임무에 여러모로 지장을 줄 것이 자명했다. 강민은 입맛을 다시고는 배낭에서 긴 타원형의 위치추적 탐침을 꺼내 손목 EMU 컴퓨터 패널에 장착시켰다. 그리고 시스템을 재설정한 다음 모듈의 자동 위치 검색을 명령했다. 몇 초 후 상태 표시 창에 붉은색 대신 또렷한 푸른색 빛이 떴다. 성공이었다. 어떻게 된 셈인지 그간 한 번도 찾지 못했던 녀석의 위치가 파악된 것이다. 더구나 우주선에서 7시 방향 200미터 근처였다! 명령이 구동되며

모듈의 상태를 표시하는 현황 데이터가 함께 패널로 넘어
왔다.

[상태 정상]

초록색 글자가 패널에서 깜빡였다. 정말 운이 좋았다.
이 정도 거리라면 충분히 걸어서 다녀올 수 있다.

"아수스, 나 부품 좀 가져올게."

"모선으로 가게요?"

"아니."

강민이 고개를 가로저으며 태양을 등지고 7시 방향을
가리켰다.

"예? 저긴 왜요?"

좌현 날개 아래에서 이음쇠를 용접하느라 끙끙대던 아
수스가 무슨 영문인가 싶어 눈을 동그랗게 떴다.

"분광기-광시야 복합 모듈 말이야."

"불시착 과정에서 튕겨 나가지 않았어요?"

"맞아. 그런데, 위치 추적기로 확인해보니 근처에 있더
라고. 바로 저기. 등잔 밑이 어두웠었지." 강민이 빙긋 웃
으며 7시 방향을 재차 가리켰다. "데이터로 봐서는 아직
상태는 괜찮은 것 같아. 오늘 운이 억세게 좋네. 지금 내가
가서 회수해 올게. 아수스는 여기서 하던 일 계속하면 돼."

"혼자서 괜찮겠어요?"

아수스는 짐짓 걱정이 되었다.

"식은 죽 먹기지! 모선의 미구엘에게도 전달해줘."

강민은 가볍게 콧노랠 흥얼거리며 산보 하듯 사뿐히 표면을 걸어나갔다.

"간만에 야외 산책이나 해볼까?"

중력가속도 g값이 0.5m/s²에 불과하여 1.62m/s²인 달에서보다 훨씬 몸이 가벼웠다. 단지 한 걸음을 옮겼을 뿐인데 거의 강을 거스르는 연어나 신나게 텀블링 묘기를 하는 서커스 단원처럼 위로 튀어 올랐다. 신기하게도 짓눌렸던 무엇인가가 가슴속에서 풀렸다. 강민은 어린아이처럼 폴짝거리며 가볍게 걸었다. 존 덴버의 〈테이크 미 홈 컨트리 로드〉는 흥겨운 노래였다. 이렇게 몸과 마음이 가벼웠던 것이 얼마 만이었던가? 슬며시 웃음이 나왔다. 자신도 참 단순한 위인이라는 생각에 낄낄대고 있노라니 얼마 지나지 않아 위치 추적기의 목표지점에 가까워졌다.

"여기 있군. 목표물 확인!"

전방 몇 미터 앞에 지표면 위로 희꺼먼 둥근 물체의 꼭지가 드러났다.

"잠시만 있어봐, 내가 꺼내줄게."

그가 아이에게 하듯 모듈에게 인사를 건네고는 허리를 굽혀 휴대용 삽으로 모서리 부분을 파내기 시작했다. 이내 땅속에서 모듈의 본체가 드러나기 시작했고 바닥까지 이르렀다.

"좋아, 이제 거의 다 됐어."

그런데 바닥 아래 단단한 무언가가 느껴졌다. 다시 보니 또 다른 물체가 보였다. 처음에는 단순히 표면 아래의 암반 정도로 여겨졌지만, 물체는 둥글고 평탄했으며, 금속성 광택을 띠었다. 주변의 암반과는 눈에 띄게 달랐다. 삽을 든 그의 손이 바빠졌다.

"이건 또 뭐지?"

물체에 흐릿한 글자가 보였다.

"V……G……R"

영문 문자였다. 그는 얼른 손바닥으로 표면을 문질렀다. 얼마 후 또렷이 그 형태가 드러났다.

V. O. Y. A. G. E. R.

"보이저…?"

강민은 자신의 눈을 의심했다. 잘못 본 게 분명했다. 우주에서 날아오는 고주파 파장이 뇌신경을 자극하여 섬망 현상을 일으키기도 하니까. 그래, 바로 실버드림이었다. 우주 비행 중이라면 자주 겪는 일이었다.

하지만 눈앞의 물체는 실재했다. 뭔가에 홀린 듯한 표정으로 앞을 보는데 몇 미터 앞에 땅속으로부터 길쭉하게 솟구친 금속 막대가 시야에 들어왔다. 강민은 얼른 뛰어갔다. 어스름한 빛에 인공물이 드러났다. 스캐폴드 레이허 형태의 교신용 알루미늄 안테나였다. 그리고 끄트머리에 조그맣게 새겨진 영문이 눈에 띄었다.

[VOYAGER 2]

혹시나 해서 전등을 더 가까이 비추고 장갑 바닥으로 쓸어보았다. 그러나 글자는 확실했다. 모듈 아래에서 본 글자보다도 더 뚜렷했다.

보이저 2호는 1977년 8월 20일 오후 2시 29분, 보이저 1호보다 보름 앞서 미국 플로리다주 케이프커내버럴(Cape Canaveral) 공군기지에서 타이탄(Titan III-Centaur) 로켓에 실려 심우주로 발사되었다. 그로부터 1세기도 훨씬 넘게 흐른 지금, 보이저 2호는 이미 오르트 구름을 벗어나 성간 우주로 향하고 있을 터였다. 어떻게 이곳에 존재할 수 있단 말인가? 혹시 누가 장난이라도 치고 있는 걸까? 그렇다면 굳이 여기서 왜? 무게 722킬로미터의 가짜 인공물이 자신의 눈앞에 드러나도록 연출이라도 했단 말인가? 이걸 전부 다? 도저히 말이 되질 않는다! 극심한 스트레스와 장시간 우주 공간 노출. 실버드림이 발현되기 위한 최적의 조건이었다. 제길, 그게 분명해.

"빌어먹을 실버드림!"

말로만 듣던 환시를 자신이 직접 겪다니. 강민은 짜증이 확 밀려왔다. 힘껏 자신의 EMU 헬멧을 손바닥으로 내리쳤다. 자칫 목-어깨 이음 패킹에 공기가 새게 만들 수도 있는 굉장히 위험한 동작이었지만 정신줄을 놓은 자신을 살리고 싶었다. 그러나 아무런 변화도 없이 그 위성은 그 자리에 파묻혀 있었다.

"강 엔지니어님, 제 작업은 완료했습니다. 모듈은 다 꺼내셨어요?"

아수스가 물었지만 대답이 없었다.

"괜찮으신 거죠?" 아수스가 재차 물었다. "시잠보?"

"아, 그럼, 이상 무!"

"제가 가볼까요?"

뭔가 낌새를 챘는지 아수스가 말했다.

머뭇거리던 강민이 대꾸했다.

"아냐, 그럴 필요 없어. 생각보다 땅속 깊이 묻혀 있어서 좀 시간이 걸리네. 곧 갈게. 잠시만 기다려."

말을 끝내는 찰나 무언가 옆으로 스치듯 지나갔다. 고개를 돌려 복합 모듈 쪽으로 눈길을 옮겼다. 시꺼먼 형체가 모듈 옆에서 웅크리고 있었다. 온몸에 소름이 돋았다. 마음 같아선 당장 못 본 척 등을 돌려버리고 곧장 모선으로 되돌아가고 싶었다. 강민은 호흡을 가다듬고는 떨리는 손으로 휴대용 전등을 비추어 보았다. 어둠 속에서 검은 형체의 안광이 반사되더니 이리저리 흔들리는 것이 보였다.

그건 분명히 필립이었다.

하마터면 강민은 소리를 지를 뻔했다. 어떻게 우주선 밖에 아무런 보호장치도 없이 침팬지가 활보할 수 있지? 필립은 맞는데, 어쩐지 생김새가 달랐다. 모습이 이상했다. 털이 군데군데 빠져 있었고 얼굴은 백화되어 있었다. 키도 덩치도 전보다 훨씬 커진 느낌이었다.

수상한 생각이 뇌리를 스쳤다. 유전자 조작 때문일까? 수현의 말이 거짓이었고, 유전자 실험이 비밀리에 진행된 건가? 그렇다 한들 침팬지가 우주 공간을 마음대로 나돌아다닌다는 건, 있을 수 없는 일이다.

강민은 고개를 가로저었다. 녀석은 그를 바라볼 뿐 아무런 대꾸도 없었다. 놀랄 만큼 침착히, 아무런 미동도 없이. 그 자리에서 강민을 뚫어져라 쳐다보고 있었다.

모든 것이 환상이고 환영일 뿐이란다.

아버지의 말이 생각났다.

네 형이 잘못된 건, 너 때문이 아니야.

어린 시절 형은 신경쇠약을 앓고 있는 동생의 담력을 키워주겠다며 건물 꼭대기 옥상으로 강민을 데려간 적이 있었다. 형은 난간에서 걸어보면 치료될 거라고 하더니, 자신이 시범을 보여준다며 훌쩍 위로 올라섰다. 형은 팔을 벌리고 자연스럽게 난간 위를 오가며 활짝 웃었다. 그러고는 강민에게 손짓했다. 그는 형을 따라 난간에 설 엄두가 나지 않았다. 형은 강민의 손을 잡고 난간으로 끌어 올리려 애썼다. 못하겠다며 소리쳤지만, 형은 쉽사리 포기하지 않았다. 그 와중 얼떨결에 형의 손을 뿌리쳤다. 난간을 올려다보았을 때, 형은 그 자리에 없었다. 형의 죽음은 충격적이었다. 사고사로 처리되었지만, 사랑하던 형을 죽였다는 죄책감이 그를 짓눌렀다. 강민은 학교를 그만두었다. 신경쇠약증은 심해졌고 조현병 증세로 발전했다. 형의 환영은 자주 나타났다. 여러 번의 자살 시도를 했다. 다시 생존 의지를 다질 수 있었던 건 순전히 부모님 덕분이었다. 강민이 흔들릴 때면, 아버지는 이렇게 말하곤 했다.

"모든 것이 환상이고 환영일 뿐이란다. 걱정 마라, 곧 사라질 테니."

부모의 극진한 보살핌 덕분에 전문적 치료를 받은 강민은 증세가 나아져 완치될 수 있었다.

그러나 가슴 밑바닥에 내려앉은 형에 대한 죄책감은, 그날의 상처는 그대로 남아 있었다. 대학을 졸업할 즈음, 아버지에게 엔지니어가 되어 우주로 떠나겠다 얘기하자, 아버지는 그저 고개만을 끄덕였다. 그곳에서 죄책감을 씻어낼 수만 있다면, 의지대로 하라는 듯. 강민은 우주로 나온 이래, 여태 단 한 번도 환영을 마주한 적이 없었다.

"그래, 곧 사라질 거야. 그 전처럼…."

강민은 스스로에게 뇌까렸다. 그리고 아무 일도 없었다는 듯, 그 자리에서 뒤돌아서서 모듈 쪽으로 성큼 걸어가기 시작했다. 다시 산책하는 기분으로. 몇 걸음이나 옮겼을까? 뒤에서 인기척이 느껴졌다. 돌아보니 필립이 그를 노려보고 있었다. 그것도 굉장히 가까이서.

녀석은 여전히 말이 없었다. 자세히 보니 녀석의 동그란 눈동자는 동물의 그것이 아니었다. 소름이 확 끼치는 순간, 필립이 들개처럼 강민의 목덜미에 달려들었다. 피할 틈도 없었다. 강민이 쓰러진 채 버둥거렸다. 필립이 그의 어깨에 올라타 날카로운 이빨을 드러내며 EMU 목과 어깨의 연결부위를 집중적으로 물어뜯었다. 강민은 가쁜 숨을 몰아쉬며 온 힘을 다해 팔을 휘젓고 발버둥치며 필사적으로 저항했다. 녀석에게서 벗어나려 애썼다. 날카로운 송곳니는 단단한 우주복 외피를 뚫고 목살을 파고 들었다. 뜨뜻하고 시뻘건 피가 분수처럼 헬멧에 튀며 유리 표면을 흥건하게 적셨다. 서슬 퍼런 외마디 비명이 계곡 사이로 울려퍼졌다.

아수스는 통신기를 통해 강민의 비명을 들었다.

"강민 엔지니어님!" 직감적으로 알 수 있었다. 뭔가 잘못되었다. "응답하라, 강민 엔지니어!"

수차례 불렀음에도 아무런 대답이 없다. 아수스는 용접기를 내팽개치고는 전속력으로 7시 모듈 방향으로 뛰었다. 숨이 턱까지 찼지만 이를 악물고 계속 달렸다. 모듈에 가까이 다가갔을 때, 검은 둔덕 아래로 쓰러진 강민이 보였다. EMU 헬멧에 피가 흥건해서 그의 얼굴이 도통 보이지 않았다. 바닥에는 선홍색 피가 흥건했다.

"형! 어떻게 된 거야?"

"난, 괜찮아."

강민이 숨을 헐떡였다.

"괜찮기는 뭐가 괜찮아!"

강민에게 무슨 일이 있었는지 아수스는 짐작조차 되지 않았다. 상처가 심각했다. 이대로 두면 곧 숨통이 끊어질 것 같았다. 당장 라온제나호로 데려가야 했다. 조종실의 미구엘에게는 긴급 메시지를 송출하고, EMU에 장착된 긴급 구호 키트를 열었다. 공기가 더이상 새어 나가지 않도록 특수 랩을 씌워 우주복을 봉했다. 쇄골 아래의 케모-포트*를 개방해서 지혈제를 주입한 뒤 강민을 일으키려 했다. 강민은 걸을 수 있는 상태가 아닌 것 같았다.

"형, 내가 그냥 업을게. 절대 정신을 잃으면 안 돼!"

강민은 고개를 자꾸 저으며 입술을 움직이려 애썼다.

---

* Chemo-port, 비상사태 시 약물 주입을 위해 우주 대원 모두의 쇄골 아래에 의무적으로 뚫린 정맥 주사 삽입 구멍. 현재 치료시에도 쓰는 방법.

"조, 조심해….."

강민은 피를 머금으며 가까스로 말했다. 그리고 전방을 향해 손을 들어 올렸다. 이상한 느낌이 들어 고개를 돌려 보니, EMU 전등 아래로 드러난 복합모듈 난간에 걸터앉은 검은 그림자가 눈에 띄었다. 지극히 낯익으면서도, 낯설어 보이는 존재가 두 사람을 내려다보고 있었다. 아수스는 눈을 휘둥그렇게 떴다.

"Ce qui vous est arrivé(너 어떻게 된 거야)?"

아수스 뒤마소르는 엉겁결에 어린 시절 아버지의 나라 콩고에서 주로 썼던 프랑스어로 말했다. 입과 손에 잔뜩 피칠갑을 한 필립을 닮은 괴물이 웃고 있었다. 새끼 때부터 귀염둥이처럼 그에게 달라붙고 갖은 아양을 떨며 유독 그를 따랐던 필립이.

아수스는 어린 시절 아버지의 고향 콩고에서 몇 해를 보냈다. 아버지는 수의사셨는데, 야생국립공원에서 전세계에 몇 개체 남지 않은 멸종위기에 몰린 침팬지를 돌보는 일을 했다. 어린 아수스는 자연히 침팬지들과 어울릴 기회가 많았다. 침팬지를 무서워하는 이들도 흔했지만 아수스는 전혀 그러지 않았다. 누구보다 능숙하게 침팬지를 다루었고, 오히려 가족 대하듯 하는 걸 보고 아버지께서도 대견해했다. 침팬지들은 신기하고 정이 많은 동물이었다. 어떤 면에서는 사람보다 더 사회성이 뛰어나고 다정다감한 존재였기에 아수스는 더 끌렸는지도 몰랐다. 덕분에 아수스는 이 프로젝트에 참여하면서 필립과 굉장히 가깝게 지냈던 터였다. 녀석은 수현 다음으로 아수스를 따랐다. 그도 필립의 일이라면 매사에 관심이 많아 수현을 감복시킬 정도였다. 누구에게 잘 보이고 싶어서 그런 건 아니었다. 삭막한 우주 공간에서도 사랑스런 존재가 늘 곁에 있다는 것 자체가 축복이었다.

지금 그 축복은 악몽으로 돌변했다. 눈앞에 있는 존재는 아수스가 알던 필립이 아니었다. 동그란 회색 빛의 차가운 눈동자는 다정한 친구의 그것이 아니었다. 형언할 수 없는 공포가 몰려왔다. 동시에 심장이 미칠 듯이 박동하며 터져 버릴 것 같았다. 문득 바이오스피어 내에서 벌어진다던 우주 생물 무기 실험에 관한 소문이 떠올랐다. 어쩌면 필립이 이렇게 된 이유가 그것 때문일지도 몰랐다.

아수스는 허리춤의 작업용 레이저 칼을 만지작거렸다. 물론 위협적인 상대를 자극할 만한 행동을 보여서는 안 됐다. 귓가에서는 그들을 찾는 무전이 흘러나왔다. 강민은 당장 응급처치가 필요했다. 아수스는 필립에게 시선을 거두고 정신을 잃은 강민을 업었다. 뒤도 돌아보지 않고 모선을 향해 힘껏 달렸다. 소행성의 중력은 달보다도 작았기 때문에 EMU를 착용한 사람을 업고 뛰어도 힘들지는 않았다. 하지만 시간이 부족했다. 아수스는 단거리 육상선수처럼 전속력으로 치달았다. 시야에 라온제나호의 은빛 날개가 들어왔다.

"다 왔어요! 조금만 참아요. 이제 살 수 있어요!"

강민의 맥박이 희미해졌다. 아수스가 강민이 의식을 찾도록 말을 걸려는 순간 무언가에 걸려 넘어져 바닥에 내동댕이쳐졌다. 검은 그림자가 그를 내려다보고 있었다.

"대체, 왜 이러는 거니…?" 아수스가 비는 자세로 필립을 올려 보았다. "제발 우릴 살려줘!"

그 녀석은 위압적인 눈빛으로 아수스를 내려보더니 기묘한 웃음을 머금었다. 아수스는 도저히 안되겠다 싶어 즉시 허리춤의 작업용 레이저 칼을 꺼내려 했다. 그런데 몸을 옴짝달싹할 수가 없었다. 무서워서, 주저해서가 절대 아니었다. 자신의 뜻대로 신체가 움직이지 않았다. 그렇게 어쩔줄 몰라 하고 있는데, 녀석이 아수스의 손바닥에 무언가를 내려놓았다.

"이게… 뭐….."

아스틸베였다. 순간 휘황찬란한 광휘가 손바닥의 물체에서 폭발하듯 뿜어져 나왔다. 엄청난 광량에 눈이 부셔 황급히 눈을 감았다. 일순 자신의 몸에 어떠한 감각도 느껴지지 않았다. 마치 유체이탈을 한 것처럼.

가까스로 실눈을 떴을 때, 그는 어떤 공간에 내던져져 있었다. 거대한 비누 거품들이 넘실대는 기묘한 시공간 속이었다. 다종다양한 색채의 빛들이 그에게 뻗쳐왔다. 그러자 거대한 환영이, 여지껏 경험하지 못한 황홀하고도 서늘한 그 무엇이 엄습했다.

전체 채널로 통신담당 미구엘의 짧은 무전이 들어왔을 때, 수현과 타일러는 엔진실에서 흐를료시코프의 선내 동력계 작업을 돕고 있었다.

"긴급상황, 긴급상황. 대원들은 전원 기밀실로 집결할 것. 반복한다, 전원 기밀실로 집결."

수현은 심각한 상황임을 직감했다. 세 사람은 즉시 좌현 기밀실로 달려갔다. 현장에 당도했을 때에는 벌써 다른 대원들 대부분은 도착해 있었다. 정중혁의 얼굴이 매우 상기되어 있었다. 그의 주변으로 무겁고 침울한 분위기가 주위를 압도했다. 아수스는 기밀실 입구 한편에 마비된 사람처럼 웅크리고 앉아 아무 말도 못하고 그저 떨고 있었다. 강민이 기밀실 입구 바닥에 쓰러져 있었다. 사람들에 가려 얼굴과 몸통이 잘 보이지 않았지만, 다리를 보니 그가 분명했다. 닥터 션이 잔뜩 땀을 흘리며 동료 몇몇과 응급조치를 하고 있었다.

"다들 물러서! 다시 한번 더! 카운트 하나, 둘, 셋!"

닥터 션이 무릎을 꿇고 심장제세동기(AED)를 작동시켰다. 수현은 서서히 휠체어를 움직여 강민 쪽으로 다가갔다. 예감이 좋지 않았다. 등에 진땀이 나고 알 수 없는 두려움이 어깨를 짓눌렀다. 강민은 우주복이 완전히 찢겨지고 온몸이 잔인하게 난도질당한 몰골이었다. 거의 사지가 탈골되어 꺾이고 이탈된, 이루 말할 수 없이 참혹한 광경에 수현은 급기야 고개를 돌리고 말았다. 급박한 우주 레이싱 경기에서도 하지 않았던 구토를 할 뻔했다.

아수스가 그를 우주선 근처까지 거의 업다시피 해 데려왔다고 했다. 바닥에 점선처럼 그어진 검붉은 핏자국이 긴박했던 정황을 말해주고 있었다.

"이런, 호흡도 맥박도 없어. 너무 늦었어." 닥터 션이 침통한 얼굴로 큰 한숨을 내쉬었다. "EMU 헬멧이 파손되면서 혈액이 진공 증발하기도 전에 이미 굉장한 물리적 충격이 있었어. 목 부분이 짓눌리고 흉골이 완전히 붕괴되었군."

"어떻게 이런 일이…."

타일러가 흐느끼듯 되뇌었다. 충격적인 장면을 눈앞에 두고 모두가 차마 말을 잇지 못했다. 30분을 시도를 더 하고서야 닥터 션은 어쩔 수 없이 강민의 사망 선고를 하고 말았다. 공허한 공간 속에 그저 망연자실하고 숨쉬기 조차 힘든 참담한 기운이 서릿발처럼 차갑게 내려앉았다.

"무슨 일이 일어났던 거야? 대체 누가 이랬지?"

타일러가 눈을 크게 뜨고 아수스의 멱살을 움켜쥐었다. 수현이 타일러를 말렸지만 소용없었다.

"어떻게 된 거야? 아수스! 말을 해봐! 응?"

"필립… 필립이… 오 하느님… 그건 필립이 아니었어요. 그게, 그런 게, 아니라구요."

잔뜩 얼어붙은 아수스는 눈물을 흘리며 횡설수설 알아들을 수 없는 말을 반복했다.

"그만하게, 타일러!"

보다 못한 정중혁이 상기된 얼굴로 다가와 타일러의 손목을 잡아챘다.

"저 친구 내버려둬, 정신적 쇼크 상태인 것 같군."

닥터 션도 정중혁을 거들었다.

시간이 조금 흘러 약간의 안정을 되찾은 아수스 뒤마소르가 겨우 입을 열었다. 그의 이야기에 따르면 함께 선체 보수작업을 하던 강민은 난파 시 근처로 튕겨 나간 선외 감마선 분광기-광시야 편광카메라 복합 모듈을 찾기 위해 2백 미터 정도 떨어진 외부로 향했다고 한다. 모듈을 발견했다는 기쁨도 잠시, 강민은 혼잣말을 하는 듯 하더니 돌연 괴성을 질렀고 아수스가 급히 현장에 당도했을 때는 필립이 그를 난도질한 뒤였다는 것이다. 아수스는 흥분이 채 가시지 않았는지 말을 다 하지 못했다. 감정에 북받쳐 닭똥 같은 눈물을 바닥에 떨구며 양손으로 얼굴을 감쌌다.

"저 말을 믿어야 하오?"

닥터 선이 뒷짐을 지고 도리질하며 정중혁에게 속삭였다. 그러면서 수현을 빤히 보았다. 몇 차례 정중혁이 더 캐물었음에도 아수스는 자세한 말이 없었다. 같은 말만을 되풀이하거나 울먹거리기를 반복했다.

강민의 시신을 거두어 냉동보관을 하기로 했다. 다들 참담한 심경이었다. 냉동고 입구에서 일동 경례를 하고, 동료들은 한 남자의 창백한 얼굴을 빙 둘러싸 내려다보았다. 그의 눈썹에는 어느덧 새하얀 서리가 앉아 있었다. 진상이 완전히 밝혀질 때까지는 당분간 장례식조차 못 지낸다는 방침에 아연실색했지만 어쩔 수 없었다. 수많은 임무를 맡았지만 먼 우주 공간에서 사람이 죽은 건 수현에게도 이번이 처음이었다. 그 첫 희생자가 같은 한국 사람이자 타일러의 파트너 강민이라니. 더구나 아수스에 둘째가라면 서러울 정도로 필립을 아꼈던 그였다. 어떻게 필립에게 처참히 죽임을 당했단 말인가?

냉동고에서 고인을 기리는 간단한 의식 후, 선내에서는 사고의 원인에 대한 치열한 갑론을박이 있었다. 여러 가능성이 제기되었다. 분명한 건 타살이라는 것이다. 도저히 인간이 스스로를 난도질했을 정황은 아니었다. 어떻게 된 셈인지 개인 영상기록장치인 EMU 캠도 작동하지 않고 오디오 녹음 기록도 전혀 없었다. 오로지 아수스의 증언에 의존할 수 밖에 없는 게 현실이었다. 상식적으로 살아있는 침팬지가 선외에서. 아무런 생명장치 없이 더구나 사람을 잔인하게 공격하고 살해했다는 것이 가당키나 할까? 영장류가 외부에서 머무를 수 있는 경우는 본 적도 들은 적도 없다. 과학적으로는 아예 불가능하다. 그렇다고 로봇들의 탓일 가능성도 희박했다.

일부 대원들은 아수스를 의심하기에 이르렀다. 가장 앞장선 사람이 동력제어장 흐를료시코프였다. 그는 애당초 아수스를 좋아하지 않았다. 그는 현직 특수부대 소속 군인이며 굵은 목과 팔에 짧은 키, 마초 같은 성격의 소유자였다. 긴팔과 큰 눈, 곱상한 외모에 나긋한 음성을 지닌 흑갈색 피부의 아수스를 걸핏하면 계집아이 같다며 공공연히 놀렸다. 의심은 오래가지 못했다. 닥터 션이 확실한 물증을 내놓았기 때문이다.

"다들 그만둬! 범인은 사람도 로봇도 아니야."

닥터 션은 강민의 시신의 사진을 들이밀었다. 목 부위 상처가 강력하고 뭉뚝한 이빨에 의한 창상과 온몸에 거친 짓눌림, EMU 곳곳에 묻은 회갈색 털이 보였다. 결정적 증거가 제시되자 갖가지 억측은 이내 사그라들었다. 닥터 션이 수현을 노려보고 외쳤다.

"그런데, 어떻게 어린 침팬지가 아무런 보호장비도 없이 우주선 외에 있었는지는 모르겠거든. 내가 볼 땐 필립의 소행이 확실해. 그리고 녀석이 언제 우리를 또 공격할지 모른단 말씀이야. 어떻게 된 건지 더 조사해봐야겠지만, 당장 조치를 취해야 할 거요! 정필, 시간이 없다고."

정중혁은 대원을 돌아보며 말했다.

"임시적으로 호신 무기를 불출하지. 필요하면 현장도 조사해 봐야겠네."

정중혁은 대원들 모두에게 휴대용 호신 장구의 소지를 허락했다. 하지만 전기충격기와 호신봉에 국한했다. 닥터 션이 반발하며 모두 총기를 휴대해야 한다고 주장했지만 받아들여지지 않았다. 정중혁 입장에선 예민한 상황에서 자칫 더 큰 화를 부를 수 있었기에 내린 결정이었다. 더구나 필립이 아니라 선내 대원 중 누군가 저지른 짓이라면 살상 무기는 불출할 수 없었다. 만일의 사태를 대비해 총은 오로지 자신이 허락했을 때만 불출이 가능하도록 했다.

그 이후 우주선의 분위기가 사뭇 달라졌다. 서로 서먹서먹하고 어떤 보이지 않는 장벽이 생긴 느낌이었다.

심지어 바이오스피어3 케빈의 동물들이 알 수 없는 이

유로 갑자기 폐사한 게 발견되었다. 대원들의 사기는 더욱 위축되었다. 가끔 들리던 웃음소리도 사라졌다. 이니샤도 수현을 찾아와 걱정해주었다. 하지만 이니샤는 불안한 심경을 감추지 못했다. 차마 말로는 꺼내지 못했지만 이니샤의 얼굴에서 그걸 읽을 수 있었다. 자신의 가장 믿음직한 동업자마저 프로젝트에 대해 불안해하고 있다니. 수현의 내면은 더욱 혼란스러워져만 갔다. 이제 내부에서 작은 균열들이 수현 자신을 흔들고 있었다.

답답한 마음에 수현은 고민 끝에 휴식을 취하고 있는 아수스를 찾아갔다. 강민의 사고에 대해 다시 듣고 싶었다. 좁은 침대에 맥없이 걸터앉은 아수스의 어깨는 들판을 누비다 날개 꺾인 야생 황조롱이처럼 축 처져 힘없어 보였다. 어린 시절 아수스의 부모는 일찍이 이혼했다고 한다. 양친의 국적이 달랐고, 대륙까지 완전히 동떨어진 먼 지역을 왕래하다 보니 서로의 문화적 차이를 극복하지 못했다. 큰 키에 비해 마음이 여렸던 아수스는 어두운 긴 터널 속을 방황해야만 했다. 풀리지 않는 자신의 모든 정체성을 끌어안은 채 그는 다 큰 성인이 될 때까지 친척 집을 전전하는 신세가 되었다. 겨우 안정이 되나 싶었지만, 고등학교 때 동성을 좋아한다는 이유로 학교에서 퇴학당하고 말았다. 22세기가 가까웠음에도, 그가 다니던 학교는 아직 동성애자에 대한 시선이 몹쓸 전염병을 보는 것과 동일시를 할 정도로 학칙이 극히 보수적이었기 때문이었다.

그는 도피를 선택했고 갖은 우여곡절 끝에 항공 우주 학교에 지원했다. 훈련을 받을 때 우주 비행사가 된 동기에 대해 수현이 물으니, 아수스는 우주에서라면 그런 차별과 멸시는 없을 거라고 어렴풋하게 생각했다고 한다.

한참을 머뭇거리던 아수스는 조심스럽게 입을 열었다.

"그때 모듈을 회수하러 혼자 가지 못하게 말렸어야 했는데. 제가 왜 그랬을까요? 그래도 제가 함께 따라갔어야 했는데… 라온제나호가 난파된 것도 제 잘못이고… 강민 형에게도… 어떻게 이런 일이…." 아수스가 침울한 얼굴로 말했다. "미안해요. 박사님, 저 때문에 박사님이 난처해진 것을 알아요."

"절대 그렇지 않아, 아수스! …필립이 왜 그랬을까?"

"저도, 아직도 잘 이해가 안 가요. 어떻게 아무런 생명장치 없이 침팬지가 외기에 있었는지. 차라리 실버드림으로 헛것을 봤다면 좋았을걸. 필립이 분명했어요. 아시잖아요? 제가 얼마나 필립을 아꼈는지. 걔가 어떻게… 그런 잔인한 짓을 했는지 아직도 믿기지가 않네요. 그렇다고, 박사님 잘못은 아닙니다. 모든 것을 다 말씀드릴 순 없지만… 분명해요. 박사님."

"뭐가?"

"아스틸베와 관련이 있을지 몰라요."

"아스틸베?"

"네. 그런 생각이 들어요."

난데없는 아스틸베에 대한 언급에 수현은 약간 당황스러웠다. 혹시 아수스도 어떤 기이한 체험을 겪은 것일까? 그러나 아수스는 더 이상 구체적으로 밝히고 싶은 기색이 아니었다.

"용기를 내줘서 고마워."

"어서 아스틸베를 찾으셔야 합니다. 박사님."

아수스가 떨리는 목소리로 덧붙였다. 그의 얼굴에 슬픔과 서슬 퍼런 두려움이 교차하는 것 같았다. 그녀는 어떤 식으로든 아수스에게 도움을 주고 싶었다.

"뒤마소르! 내 얼굴을 봐. 무엇이 됐든 네 잘못이 아냐, 아수스. 더구나 당신은 파일럿이잖아. 여기 그 누구보다도 냉정해져야 해." 수현이 아수스의 손을 잡았다. 그녀가 아수스의 눈동자를 또렷이 응시했다. "괜찮을 거야, 아수스! 시잠보!"

"시잠보, 박사님."

곧 수현과 두 눈을 마주치며, 아수스도 고개를 끄덕였다. 아수스를 만나며 여러모로 마음이 복잡해졌다. 이대로 프로젝트를 계속 진행하는 것이 맞는 것일까?

아스틸베를 찾으셔야 해요.

아수스의 말이 귓가에 맴돌았다. 필립의 행적과 아스틸베가 무슨 관련이 있을까? 아무리 곱씹어도 그 실마리를 찾기는 어려웠다. 문득 강민을 처음 만났을 때가 생각났다. 당시 타일러와 알게된 지 얼마 되지 않았을 때였는데, 타일러는 자신에게는 원칙주의자나 수도승 같은 한국인 친구가 있다고 강민을 소개시켜줬다. 강민은 타일러의 우주 아카데미 기숙사 룸메이트였다. 타일러는 그의 한국인 친구가 좀 특이함에도 수현도 곧 호감을 가질 거라고 장담했지만, 첫 만남은 생각보다 많이 어색했다.

시간이 가면서 서서히 친밀함을 느끼긴 했지만 강민의 사물에 대한 결벽증 같은 시선과 냉랭함 때문인지 마음을 완전히 열기가 쉽지 않았다. 이따금 그는 유심히 지켜보다가 다가와서는 불편한 질문들을 던지곤 했다. 때론 이유 없이 차갑게 굴기도 했다. 그래서 붙여진 그의 별명이 '미스터 까칠'이었다. 어떻게 보면 괴짜인 타일러가 그의 친구라는 게 신기했다. 두 사람은 결정적으로 강민이 우주 미션에서 타일러의 목숨을 구해주면서 가까워졌다고 했다.

강민은 겉으로는 무뚝뚝하고 까칠하기까지 한 성격의 소유자였지만 재난 상황 때 수현을 구해준 은인이기도 했다. 그는 자신을 희생해서라도 남을 돕는 사람이었다. 아수스의 목격담이 맞다면, 이건 전적으로 자신의 잘못이었다. 그걸 생각하니 가슴이 미어졌다. 제인 구달에게 회색 수염의 데이비드가 있었다면, 김수현에게는 필립이 있다고 자부했었다. 필립은 지구에서 60억 킬로미터 넘게 떨어진 카이퍼벨트까지 오게 한 원동력이었다. 그 원동력이 소중한 동료의 목숨을 앗아버리다니. 수현은 식당 한편에서 소리 죽여 울고 말았다. 그러기를 한참이었을까. 누군가 손수건을 건넸다.

"네 잘못이 아니야."

타일러였다. 공교롭게도 아까 아수스에게 수현이 했던 말과 똑같았다.

"수현, 당신의 잘못이 절대 아니야! 난 알아."

타일러가 한 번 더 강조했다. 가장 친한 친구를 잃고 스스로를 추스릴 겨를도 없을 텐데. 타일러는 수현을 위해 나타난 것이다.

"난 괜찮아." 수현이 손수건으로 눈물을 훔치며 말했다. "미안해 타일러, 강민은 너한테 형제 같은 사람이었는데."

타일러는 허공을 바라보며 긴 한숨을 내쉬었다.

"넌 왜 필립이 저 지경이 되었다고 생각해?"

"글쎄, 모르겠어."

수현이 맥없이 대꾸했다.

"많이 혼란스럽지?"

"응…." 수현이 말했다. "나뿐 아니라 전부 그렇겠지."

"하지만, 너와 내가 느끼는 감정은 더할 거야. 그런데, 이 모든 혼돈의 근원이 뭘까? 예정에 없던 불시착과 필립의 광폭함 그리고 강민의 희생…" 타일러가 잠시 말을 멈추었다. "내 생각엔 아스틸베… 때문인 것 같아."

타일러의 동공이 흔들렸다.

"너도 같은 말을 하네."

"응?"

"아까 아수스도 그 말을 했거든."

"그 돌에는 뭔가가 있어."

"그게 무슨 소리야?"

타일러는 한참을 말을 아끼다 이내 입을 열었다.

"필립이 변하기 시작한 시점 말이야. 바로 아스틸베를 만지게 되면서부터였어. 그러니까, 강민의 죽음은 어쩌면 아스틸베와 연관이 있을지도 몰라. 그게 맞다면 아스틸베를 갖고 온 내 책임이겠지."

"뭐라고?"

"미친 소리처럼 들리겠지만, 내 말 좀 들어봐, 수현. 사실 나 전에 몰래 접견실에 갔었어. 그리고 아스틸베를 만지고야 말았거든. 그런데, 난생 처음 보는 '환시'라고 해야 하나 아무튼 희한한 것들이 보이는게 아니겠어? 수많은 커넥텀*들이 연결된 어떤 공간 속에 내가 있는 거야. 마치 나비가 되어 꿈을 꾸는 것만 같았어. 나는 공중을 부유하며 현기증 나는 광막한 공간을 훑고 다니다 겨우 정신을 차릴 수 있었지. 어떻게 그 짧은 시간에 그런 일이 일어났는지 모르겠어."

타일러는 자신의 정신감응이 평소와 다르지 않았음을 애써 강조하며 머릿속이 폭발하듯 화려한 영상과 수많은 환영들이 떠올랐던 경험을 말해주었다.

"그 환시가 어떤 메시지를 주려는 것 같았거든."

"어떤 걸 말이야?"

수현의 얼굴은 더욱 호기심에 가득 차 있었다.

"나도 잘 모르겠어. 하지만… 그런 일이 있었던 건 사실이야. 만약 똑같은 것이 필립에게도 일어났다면, 나와 비슷한 경험을 했을 것이고, 결정적으로 녀석에게 어떤 영향을 끼쳤을 수 있지 않을까?"

타일러가 그녀의 빤히 얼굴을 바라보았다.

"믿을 수 없어. 한낱 돌맹이 따위가 무슨 일을 일으켰다는 건 말도 안되잖아. 날 위로하려 그러는 거야? 타일러, 제발 그건…."

---

* Connectome, 뇌 신경 세포들의 연결을 종합적으로 표현한 것으로 신경 세포들의 연결 네트워크를 지칭함.

수현의 표정이 일그러졌다.

"널 위로하려는 게 아니라, 진짜 내 추측이야. 믿어줘!"

"네 말을 들으니 더 혼란스러워." 수현의 눈동자가 흔들렸다. "그렇담 저 아스틸베를 지금이라도 버려야 할까?"

"내 말은 그게 아니야." 타일러가 고개를 가로저었다. "현실을 직시하잔 얘기지. 당신은 과학자잖아. 내가 설령 이렇게 얘기했더라도 미신 따위나 두려움에 휘둘려 이성적 판단을 흐려선 안돼. 어쨌거나 우리가 모르는 기현상이 있더라도 그 현상을 밝히는 것 또한 우주 탐사 과학자의 임무에 포함되는 거니까. 비록 예정에 없다 할지라도."

"과학자의 임무란 게 뭔지 지금 난 잘 모르겠어. 특히 이런 혼돈 속에서 말이야. 목적지에 가까워 지면서 바이오스피어3 생물들의 이상생육현상, 우주선의 난파까지. 예상치 못한 일들이 일어나고 있어. 게다가 대원 몇몇은 오해하고 있잖아. 필립이 인간 뇌신피질 유전자가 삽입된 상태라는 소문 때문에 말이야. 유전적으로 조작된 실험체가 우리를 공격하는 것이라고 두려움에 휩싸여 있거든. 그런 상태에서 임무가 제대로 될지 걱정이 돼. 내가 정말 제대로 하는 건지 모르겠어."

"약한 마음 갖지 마! 당신이 어떻게 해서 여기까지 왔는데 포기할 거야? 이런 때일수록 마음을 다잡아야 한다고. 강민도 살아 있었다면, 위기 속에서 임무를 계속해나가자고 했을 거야. 우주 임무에는 항상 수많은 예기치 못한 위험들이 따라오기 마련이야. 그걸 감수할 사람들만 선택되어 탑승한 것이고 말이야. 나, 수현 당신, 정중혁, 닥터 션, 이니샤, 흐를료시코프, 아수스, 미구엘 로비앙 우리 전부다 지구를 출발하기 전 두둑한 생명 수당이 지급되는 계약서 항목에 '동의' 서명을 한 이유지. 더군다나 수현 당신은 과학자잖아. 오해가 있다면 그게 아니라는 것을 밝히는 게 또 다른 임무가 아닐까? 설령 강민이의 죽음이 우리의 실수이든 아니면 전혀 모르는 원인 때문에 일어난 것이라고 해도."

친구의 위로가 모든 것을 해결해주지는 못한다.

　꿈속에서 수현은 두 다리로 걸을 수 있었다. 그 기쁨도 잠시, 수현은 아련하게 들리는 강민의 목소리를 따라 깊고 긴 터널과 미로 속을 헤매고 있었다. 그러나 그를 찾을 수 없었다. 장면은 커다란 운동장으로 바뀌었다. 햇살은 그대로인데 운동장에서 뛰어노는 아이들은 없었다. 목청껏 거듭 소리를 질러봤지만 아무도 없었다. 스탠드 저 위쪽으로 어른거리는 그림자가 보였다. 수현은 그림자를 향해 소리쳤다. 이름을 부르자 황급히 감추는 뒷모습. 그건 분명히 필립이었다. 수현은 스탠드로 달려가다 푸르죽죽한 초록색 물체에 발이 걸려 넘어졌다. 정신을 차려보니 그건 촉수였다. 수현은 소스라치게 놀랐다. 거대한 구멍 속에서 촉수가 꿈틀거리고 있었다. 수현은 촉수를 발로 차고 밟았다. 그럼에도 꿈쩍도 않자, 스탠드 꼭대기 담벼락으로 달려갔다. 그럼에도 촉수는 악착같이 그녀를 쫓아와 허벅지를 잡아채려 했다. 어떻게든 달아나야 했다.

수현은 놀라면서 잠에서 깼다.

아스틸베를 찾으셔야 해요.

아직 정신이 몽롱한 가운데 아수스의 말이 귓가에 잔향이 되어 맴돌았다. 긴 한숨을 내뱉는데, 문가에 누군가 서 있는 것이 느껴졌다. 희미한 빛 속에서 그림자 같은 실루엣이 드러났다.

"타일러? 당신이야?"

수현이 조심스럽게 불렀다. 그러나 그림자는 미동도 없었다. 혹시나 해서 한번 더 이름을 불렀지만 차가운 적막만이 감돌 뿐이었다. 수현은 베개 아래, 만일을 위해 호신용으로 숨겨둔 전기충격기를 슬며시 꺼냈다. 정중혁이 대원들에게 호신용으로 지급한 것이었다.

머리맡 침실등의 전원을 올렸다. 이윽고 조명 아래로 어둠 속 존재의 정체가 선명히 드러났다. 수현은 그 존재와 두 눈이 마주치고 말았다. 소리를 지를 뻔했지만, 꾹 참았다.

"필립…?"

이름을 다 부르기도 전에, 녀석은 책상 쪽으로 몸을 잽싸게 움직여 가뿐히 빈 휠체어 위로 올라탔다. 그 사이 자동문이 스르륵 닫혔다. 이제 바깥과 격리된 채 이 좁은 침실에 둘만 있게 되었다. 수현은 티 나지 않게 깊게 호흡하고 나서 찬찬히 녀석을 뜯어보았다. 전기충격기는 등 뒤로 감춘 채였다.

그건 필립이 아니었다. 아니, 필립이었다. 아수스가 왜 그렇게 혼란스러워했는지 수현은 어렴풋이 알 것 같았다. 얼굴의 윤곽은 예전 그대로였지만 신체는 더 이상 침팬지의 그것이 아니었다. 털이 빠져 민둥산처럼 되어버린 머리와 속살이 드러난 푸르스름한 살갗이 기괴했다.

"어떻게… 된 거니, 필립?"

수현의 손은 떨리고 있었다.

"나는… 필립이 아니지."

필립이 대답했다. 녀석은 손을 아예 들어 올리지도 않았다. 수현은 자신의 눈과 귀를 의심할 수밖에 없었다. 그녀는 손을 들어 계속 수어를 시도했다.

"뭐라고 말했니?"

"나는 필립이 아니라고 했어."

양쪽 귀로 똑똑히 들을 수 있었다. 비록 거친 소리였지만 사람의 목소리가 분명했다. 온몸에 소름이 돋았다. 이것도 꿈인 것일까? 아니었다. 꿈은 전혀 아니었다. 환청일까? 그것도 아닌 것 같았다. 어떻게 인간의 말을 침팬지가 한단 말인가? 필립이 수어에는 능통했지만 입을 움직여 사람의 말을 흉내낸 적은 단 한 번도 없었다. 자신의 의지와 상관없이 심장이 터질 듯 두근거렸다.

개꿈이든 아니든 진정하자, 진정해야 돼.

가까스로 놀란 마음이 가시자 신기하게도 학자적 호기심이 발동했다. 수현은 앞에 버티고 선 존재를 훑어보았다. 좀 전까지는 보지 못한 상세한 것들이 눈에 띄었다. 괴기스런 존재는 자기의 정체를 부정했지만 필립이 분명했다. 필립에게 생체정보 교신을 위해 채웠던 왼팔의 디지털 팔찌가 눈에 띄었다. 처음 그대로였다. 심지어 고유번호도 그대로 새겨져 있었다. 팔찌는 10만 파스칼의 강도와 경도를 가진 특수 기계가 아니면 절대로 혼자 끊을 수 없는 라이틴 계열 금속으로 특별 제작되었다. 그뿐만 아니라 얼굴 골격과 신체의 특징도 필립의 그것 그대로였다. 자세히 살펴보니 이마와 눈 아래 뺨의 굴곡이 매끈한 상태가 되어 있었다.

기이한 몰골로 변해버린 수현의 필립. 무슨 일이 있었기에 한 개체의 침팬지에게서 이토록 극적 변화가 일어난 걸까? 정말 촉발진화가 일어난 걸까? 촉발진화란 하나의 생물개체가 극단적인 환경 변화 등으로 한 세대 내에서 극적인 돌연변이 등의 진화를 보일 수 있다는 이론이었다. 말그대로 학계에서 떠도는 오래된 진화 가설일 따름이었고 만약 가능하다 치더라도 국지적인 신체 내 소기관의 영역으로 국한되었다. 지난 100년간 생명공학의 비약적 발전으로 약물에 의한 촉발진화가 시세류 등의 작은 생물에서 성공했다는 보고는 있었다. 하지만 침팬지와 같은 거대한 영장류 같은 단일 개체에서는 이 정도 규모의 촉발진화가 일어나기란 불가능할 것이다.

엄습한 상황 속에서도 의문은 꼬리에 꼬리를 물었다. 그러나 여기는 지구의 여느 생명공학 실험실이 아니다. 수많은 생각이 불과 몇 초만에 머릿속을 스치는 동안에도 수현은 녀석을 최대한 또렷이 바라봤다.

"너 정말… 강민을 죽였니?"

수현이 조심스레 입을 열었다.

"난 당신들을 구해주고 싶었어."

사람을 잔인하게 죽여놓고 해괴망측한 궤변인가? 수현은 두려우면서도 한편으론 화가 치밀어 올랐다.

"네가 무슨 말을 하는지 모르겠어. 네가 강민을 죽인 거 아니니?"

"내가 그런 게 아니야! 난 아니야, 믿든 안 믿든 그건 본인 자유야."

수현은 묵묵히 듣고만 있었다.

"어쨌든 당신들은 더 이상 나아갈 수 없어. 근접할 수 없는 영역에 이르렀거든."

"근접할 수 없는 영역?"

필립이 주먹을 쥐어 코끝에 대었다.

「맞아」

녀석은 재차 양손을 펴서 손바닥을 찍고는 이내 하늘을 가리켰다.

「어서 돌아가, 고향으로」

"그게 무슨 소리야?"

"만약 내 말을 무시하면 파멸만이 기다릴 거야. 여기 당신들 전부를 포함해서 지구의 모두에게도. 그건 당신들은 진작에 역할을 다했다는 소리야. 내가 이걸 알려주려고 나타난 거야. 당신은 나에게 잘해줬잖아? 내가 엄마라고 불렀던 존재이니, 이런 호의를 베푸는 줄이나 알아."

역할? 나아갈 수 없다니? 이게 다 무슨 소리란 말인가? 필립이 말을 하고 있다는 것 자체도 당황스러운데 이런 메시지를 꺼내다니. 수현은 정녕 이게 외계인의 짓인지 아니면 자신이 제정신인지 혼란스러웠다. 녀석이 묘한 미소를 짓더니 다시 입을 열었다.

"만물 위아래 머무는 브라흐만을 깨닫는 순간 마음을 얽어매던 매듭이 풀리고 모든 의심이 사라지며 모든 속박에서도 벗어나리라. 브라흐만 위에 하늘과 땅 그 사이의 모든 것과 마음과 육체가 다 짜여져 있노라. 공허한 말들은 이제 훨훨 날려버리리. 영원을 가로막는 사막은 티끌처럼 사라졌을 뿐이니. 감각 위에 의식이, 의식 위에 순질이,

순질 위에 찬란하고 위대한 아트만이 있고 그 위에 최상위의 미현현이 있노라!"

녀석은 주문을 외우듯 알 수 없는 소리를 지껄이더니 겨드랑이에서 아스틸베를 꺼내 들어 올렸다. 돌에서 뿜어져 나온 빛이 방 안을 가득 환하게 채웠다. 마치 인상적인 마술공연의 한 장면처럼.

"내가 그날, 깨달은 거야. 이 아트만을 통해서 말이야."

괴물이 아스틸베를 우러러보았다. 그리고 이렇게 물었다.

"위대한 브라흐만을 깨닫는 것. 그게 바로 우리들의 역할이란 거야. 하늘과 땅 그 사이에 마음과 육체가 짜여진 존재라는 것. 당신들 인간은 우주라는 게 뭐라고 생각해?"

"그건, 글쎄….' 갑자기 현기증이 났다. 수현은 어떻게든 정신을 간수하려고 안간힘을 썼다. "아직 모르지. 인류의 영원한 숙제랄까? 그래서 우리 우주선이 이렇게 카이퍼벨트까지 탐사를 하고 있는 거겠지."

"좋아, 그런 거겠지. 하지만 난 벌써 이 진실의 돌을 통해서 깨달았어. 너희 인간들보다도 훨씬 빨리." 녀석은 흐뭇하고 경외스런 표정으로 양손으로 들어 올린 아스틸베를 응시했다.

"이걸 통하면 바로 알 수 있어. 아트만을 말이야!"

"그러니까, 넌 그 돌로부터 뭔가를 접한 거로군."

수현이 고갯짓으로 아스틸베를 가리켰다.

"그래, 전부 예정된 것들이었지. 미래까지도."

녀석은 아스틸베를 그윽이 올려다보며 야릇한 웃음을 머금었다. 수현은 소름이 돋았다.

"우주엔 끝이 있지."

"아니, 우주는 끝이 없어. 무한해." 수현이 대답했다.

필립이 비웃었다.

"당신들은 아직 내가 무슨 말을 하는지 모를 거야."

"필립…."

"필립이라고 자꾸 부르지 마!"

녀석이 수현을 날카롭게 쏘아봤다. 서슬 퍼런 녀석의 눈빛은 사람을 일순 움츠러들게 만들었다. 수현은 절대 내색하지 않기 위해 마음속 문고리를 꽉 당겨 잡았다.

"나는 이제 다른 존재가 되었어. 당신이 알던 그 작고 여린 침팬지 따위가 아니란 말씀이지. 위대하고 성스런 존재. 내 몸속엔 이미 거대한 계획들이 스며들어 있어. 그들의 계획이 나를 통해 실현될 거야. 그러니까 너흰 이 아트만을 따르고 숭배해야만 해!"

녀석이 빛나는 아스틸베를 한껏 위로 들어 올리더니 아주 기고만장한 표정을 지어 보였다.

"그들의 계획?"

"너희들은 그들에게 감히 도전하고 있는 거야. 이쯤에

서 단념해."

"단념하라니?"

"어서 지구로 돌아가란 말이야. 여긴 너희가 있을 곳이 아니야."

필립이 점점 알아들을 수 없는 궤변을 늘어놓자 수현은 지금 이 순간 자체가 그저 꿈이길 바랄 정도가 되었다.

"그렇게 못하겠다면?"

수현은 지지 않았다.

"왜 알고 싶어? 그럼, 조금 맛보기라도 보여줄까?"

녀석은 자줏빛 잇몸을 드러내며 씨익 웃었다. 그리고 긴 넙죽 다리를 움직여 영락없이 꼿꼿이 선 직립보행 자세를 취하더니 그녀에게 걸음을 옮겼다. 아니. 제발, 오지 마. 수현은 입도 벙긋 못하고 속으로만 외쳤다. 수현은 서둘러 뒤로 물러섰다. 그러나 등이 벽에 닿았을 뿐이었다. 더 이상 벗어날 곳은 없었다. 그 사이 녀석은 의뭉스런 웃음을 지으며 코앞까지 다가왔다. 거리가 겨우 한 팔 정도가 되었을 때 수현은 어쩔 수 없이 등 뒤에 감춘 전기충격기를 녀석의 가슴을 향해 겨누었다.

"필립 대체 왜 이러는 거니? 어떻게 된 거야? 제발, 이러지 마."

수현은 애원하듯 외쳤다. 전기 충격기의 끝은 속절없이 파르르 흔들리고 있다. 수현은 좀 더 위협적인 말을 하려고 했지만 아무런 단어가 떠오르지 않았다.

녀석은 가소롭다는 듯이 큰 소리로 한차례 껄껄 웃었다. 그리고 양손을 천천히 들어 올렸다. 그때 쉭 하는 소리와 함께 순식간에 필립의 입에서 혓바닥 같은 촉수가 튀어나왔다. 도마뱀 혓바닥같이 끈적이는 촉수는 수현에게로 날아들었다. 그리고 잽싸게 전기충격기를 낚아채려 했다.

수현이 필사적으로 몸을 뒹굴며 촉수를 피하자, 이번엔 양 손바닥에서 또 다른 촉수가 뻗어 나와 수현의 목을 조르더니 머리통을 감쌌다. 귀가 멍멍해졌다. 숨통이 조여왔다. 아예 앞이 보이지 않았다. 이대로 죽는구나. 수현은 발버둥 치다 외마디 비명을 질렀다.

그때 이마에 차갑고 아린 것이 느껴졌다. 겨우 눈을 떠 올려다보니 화려한 광휘가 수현의 이마 속으로 파고들고 있었다. 아스틸베에서 나온 빛이었다. 엉겁결에 아스틸베를 잡았다. 갑자기 머릿속이 폭발하듯 수많은 환영으로 가득 찼다.

마치 육신에서 튕겨져 나온 커넥텀이 빛의 속도로 은하를 빠르게 횡단하는 것처럼 우주 공간의 별빛이 빠르게 스쳐 지나갔다. 그때 시간이 멈춘 것처럼 주위의 별빛이 어느 한 공간에 정지하다가, 돌연 눈이 부시도록 거대한 폭발이 일어났다. 우주 먼지가 결합하고 태양과 그에 딸린 푸른 행성이 생기더니 문명들이 생성되었다 소멸하고 다시 태어나기를 반복했다. 그렇게 계속 반복되는 시간이 흘렀다. 끝없이, 영원히 흘러갔다. 거대한 껍질 속에서 영겁의 우주가 무한히 반복되고 생명들은 윤회하며 삶은 영속했다. 그러다 칠흑 같은 공간 저 너머로 아주 작은 격자 같은 것이 눈에 띄었다. 점점 선명해진 격자들은 서로 규칙적으로 늘어서더니 어느새 끈처럼 이어져 진동했다. 억겁의 끈이 합쳐지고 그 너머로 거대한 막이 생성되었다. 절대 넘어갈 수 없는 무엇이. 그 너머에는 번뜩이는 수많은 눈이 있었다. 그건 마치 피라미드 속 '섭리의 눈'과 같은 모양새였다. 일순 엄청난 섬광이 그녀 주위를 스쳤다. 수현은 눈을 감았다. 육신의 감각이 되돌아왔다. 그런데 전혀 숨을 쉴 수도 눈을 뜰 수도 없었다. 그녀는 사지를 허우적거리며 허공에서 몸을 버둥거리고 있었다. 이게 마지막일까. 수현은 처절한 몸부림을 하며 외쳤다.

"필립, 넌 나한테 이럴 순…!"

누군가가 총을 발포하는 소리가 울렸다.

삽시간에 주위가 아득해졌다. 쥐 죽은 듯한 고요가 이어지다 밖에서 경보 소리와 함께 고함소리가 들리더니 자동문이 획 열렸다. 정중혁과 타일러가 총을 들고 들이닥쳤다.

"이제 깨어났군."

닥터 션이 짧게 말했다.

수현은 한꺼번에 자신에게로 향하는 눈길들이 느껴졌다. 회복실에 있었다. 대원들 전부가 침대를 빙 둘러싸고 있었다.

"그만하기를 천만다행이네."

정중혁이 걱정스런 얼굴로 내려다보고 있었다.

"괜찮아? 수현?"

정중혁 옆에 선 이니샤 또한 마찬가지였다.

수현은 말없이 고개를 끄덕였다. 머리는 아직 무거웠지만, 정신이 드니 한결 나아진 것 같았다.

"그래, 몸은 어때? 정말, 괜찮은 건가?"

"예, 이젠 괜찮은 것 같아요."

수현이 겨우 입을 열었다.

"가벼운 뇌진탕이야, 김 박사. 안정을 취하면 금세 나아질 거야."

닥터 션의 말에 다들 안도하는 표정이었다.

"여기보단 오히려 저기가 더 문제지."

닥터 션이 침대 모서리에 선 타일러를 턱끝으로 가리켰다. 그의 왼쪽 어깨와 팔에 두툼하게 감겨진 붕대와 어깨 보호대가 한눈에 띄었다. 닥터 션의 설명으론 수현을 구하는 과정에서 필립과 엉켜 붙어 싸우다 입은 타박상과 어깨 골절 때문이라고 했다.

"저런, 타일러….."

수현이 얘기를 듣고 인상을 썼다.

"뭐 괜찮아. 이런 것쯤이야. 내 걱정 하지 말고, 김 박사나 어서 회복해야지!"

타일러가 웃으며 너스레를 떨었다. 사람들 앞에서는 아무렇지 않은 듯 애써 웃고 있는 그에게 수현은 마음이 쓰였다. 아니나 다를까, 타일러는 몇 마디 말을 더 꺼내려다 말고 무의식적으로 얼굴을 일그러뜨렸다. 여전히 상처에 통증이 느껴졌기 때문이었다. 급기야 그가 끙끙거리며 팔과 어깨를 만지작거렸다.

"저런! 그렇게 자꾸 만지다가 덧나겠어."

수현이 한숨을 내쉬었다.

"자네도 좀 쉬어야 하는 거 아닌가?"

정중혁이 근심 어린 표정으로 타일러에게 물었다.

"웬걸요, 거뜬합니다! 이까짓 거, 예전 카미고에 비하면 아무것도 아니죠. 오히려 녀석을 잡지 못한 게 아직도 아까운걸. 그래도 이건 건졌으니깐."

회복실 탁자 한편에 놓인 아스틸베를 고갯짓으로 가리키며 타일러가 객쩍은 웃음을 지어 보였다. 수현은 그제서야 아스틸베를 되찾았다는 것을 알았다. 아까 봤던 희한한 광채는 없었다. 하지만 그 존재만으로도 어쩐지 가슴이 서늘해졌다.

이것은 돌이 아니라 아트만이지.

수현이 아스틸베를 응시했을 때, 불현듯 필립, 아니 괴물의 관자놀이에 닿은 그 흐늘거리는 촉수의 느낌과 함께 머릿속을 폭발시킬 듯 수놓던 그 광막하고 화려한 우주의 환영이 머릿속에 선명히 떠올랐다. 순간적으로 몸서리를 쳤다. 사람들의 걱정스런 시선이 모였음에도, 수현은 그걸 선뜻 입 밖에 낼 용기가 나질 않았다.

"필립은 어떻게 됐어?"

"어디론가 사라졌어. 하지만 녀석도 내가 쏜 총 때문에 부상을 입었을 테니 멀리 가진 못했을 거야."

타일러가 입맛을 다시며 말했다.

필립에게 타일러가 총을 쐈다는 사실에 왠지 수현은 마

음이 불편했다. 총은 우연히 폐쇄회로 화면을 지켜보던 타일러가 정중혁에게 긴급 불출 허가를 받은 것이었다.

　몇 시간 후 비상 회의가 소집되었다. 정중혁이 좀 더 안정을 취해야 한다며 말렸지만 수현은 기어이 회의에 참석하고야 말았다. 모두가 안전하려면 한데 모인 공간이 필요했기 때문에, 회의는 조종실 한편에 마련된 테이블에서 진행되었다.

　"수현 박사가 무사해서 천만다행이야."

　중앙에 앉은 정중혁이 대원들을 한번 둘러보더니 천천히 입을 열었다.

　"오늘 수현 박사의 일도 그렇고… 고인이 된 강민 엔지니어의 안타까운 사건도 그렇고, 많이들… 혼란스러웠을 거야. 한창 바쁜 여러분들을 모이게 한 건, 일련의 예상치 못한 비극과 위험에 대한 오해들을 일소하고 그 원인을 찾을 수 있을지도 모르기 때문이야."

　대원들에게 하나하나 시선을 맞추던 정중혁이 숨을 잠시 가다듬었다.

　"모두에게 보여줄 게 있네."

　정중혁이 수현에게 한번 더 눈길을 주고는 조심스럽게 손가락을 까딱거려 휴대용 홀로그램 투사기의 전원을 틀었다. 이내 검은 허공 위로 레이저 빛에 의한 2차원의 천연색 화면이 드러났다. 당일 수현 방 안의 감시카메라 영상이었다. 우주에서 사고가 났을 시를 예방하기 위한 카메라였다. 사고가 발생해 대원이 사망한 경우, 책임자들에 제한하여 살펴볼 수 있도록 하고 있었다. 정중혁은 수현이 살아 있는 관계로 개인 정보 열람에 대한 사전 동의를 구해서 모두에게 공개한 것이다. 약속이라도 한 듯 모든 사람들의 주의가 화면에 집중되었다.

이채로운 점이 있다면, 다들 표정들이 같으면서도 제각각이라는 점이었다. 긴장감이 역력한 미구엘을 비롯해서, 벌써 그 화면을 본 듯한 이니샤의 항상 포커페이스 같은 아리송하지만 안정된 시선, 짧은 머리에 언제나 진중하지만 맞닥뜨린 현실에 리더로서 고민이 가득한 정중혁의 구릿빛 얼굴, 닥터 션의 야릇한 웃음을 머금은 호기심 가득한 표정, 언제나 팔짱을 낀 채 얼음처럼 차가운 눈빛의 장난감 병정 같은 흐를료시코프, 붉은 열대 밀림같은 턱수염 사이로 화성의 올림푸스 산처럼 오뚝선 콧날로 작은 입술을 실룩거리는 타일러와 한껏 겁에 질려 경직되고 창백한 아수스… 모두의 얼굴이 한꺼번에 어우러져, 흡사 어느 삽화의 한 장면을 연상시켰다.

"정확히 침팬지는 아닌 것 같아. 아무리 봐도, 아닌 것은 확실해. 저것 보게, 반쯤은 사람 비슷하기도 하군. 여기 화면 오른쪽 위 말이야, 자세히 보면. 여기 좌측 아래로 보면 몸통과 팔 부위에는 작은 촉수들 같은 것도 보여."

정중혁은 설명이 필요한 부분에서는 몇 번씩이나 화면을 멈추었다.

"이런, 저게 말이나 돼?"

흐를료시코프가 이마를 쓸어올렸다.

"아수스?"

"예, 정필."

아수스가 정중혁을 불안한 표정으로 바라보았다.

"며칠 전 그 사건 때에도 저랬었나?"

"글쎄요, 정확한 기억이…."

아수스가 맥없이 대답했다. 그는 거센 폭풍우를 만나 잔뜩 움츠린 새처럼 보였다.

"어렵겠지만, 기억을 되살려 보게."

그러나 아수스는 여전히 난처한 듯 미간을 찡그렸다. 그때의 기억을 되살리는 게 고통스러운 듯 했다. 자신을 찾던 강민의 처절한 눈빛이 거듭 떠올랐다. 아수스는 화면을 응시하다 바닥으로 시선을 떨구었다. 그가 가까스로 입을 열었다.

"잘 기억이 나질 않습니다. 너무 당황스러웠던 상황이라."

아수스는 고개를 저었다. 문득 무엇인가 생각이 났는지 고개를 들었다.

"다만 평소 모습과는 많이 달랐던 것 같아요."

"어떻게 저런 모습을 할 수 있지?"

쌓였던 의문들을 참지 못하고 흐를료시코프가 중얼거렸다. 정중혁은 무엇이라도 연관성을 찾고 싶어 하는 눈치였다.

"촉발진화라고 들어본 것 같은데… 그럴 가능성은 있는가?"

정중혁이 수현에게 물었다.

"우주 환경에서 급격한 변화에 노출된 생물이 급진적 돌연변이를 일으킨다는 이론 말인가요?"

"그런 것 같네."

정중혁이 말했다.

수현이 골똘히 생각을 하다 운을 떼웠다.

"촉발진화 가설이란 한 개체 자체의 유전자에 근본적인 변화가 단기간 지구를 벗어난 우주 환경에서도 한 세대 내에서 급작스럽게 발현할 수 있다는 주장이죠. 목성 위성 이오의 우주 정거장에서 갑작스럽게 실험용 쥐의 털이 양털처럼 성장했던 일화에서 최초로 유래되었어요. 처음에는 단순한 피부 세포의 생장촉진쯤으로 여겼지만 달에서의 식물 엽록소 색상의 보라색화, 화성 기지에서의 일부 대원들의 초음파 탐지능력 생성 등 일군의 비슷한 현상들이 여러 번 관측되자 제기된 가설이죠. 하지만 학계에서는 아직 정설로 받아들여지지 않았어요."

수현은 덧붙이며 미간을 일그러뜨렸다.

"그래서 당신 생각은 어떤데?"

"글쎄요. 촉발진화란 게 제대로 증명되지 못한 가설일 뿐만 아니라, 기관 변화가 아닌 단기간 신체 구조 자체가 변화하는 경우는 단 한 번도 들어본 적이 없어요. 아주 희박한 가능성 정도죠."

수현이 잘라 말했다.

"결국, 촉발진화도 아니란 얘기네."

팔짱을 낀 흐를료시코프가 냉소적으로 지껄였다.

"그나저나, 수현, 저 녀석에게 대체 뭘 말한 거야? 화면을 보면 당신이 필립을 향해 말을 하는 것 같은데?"

타일러가 껌을 질겅질겅 씹으며 화면을 가리켰다.

"혼잣말이라도 한 거야?"

"아니, 대답을 했지. 필립이 먼저 내게 말을 걸었으니깐."

"말을 했다고?"

다들 믿기지 않는다는 표정이었다.

"그런데 오디오에는 수현의 말밖에는 녹음되지 않았어요. 다시 말해서, 오디오엔 필립의 그 어떤 소리도 들어 있지 않아요. 입술을 움직이는 모습도 보이지 않구요."

미구엘이 녹화 화면을 가리켰다.

아니, 그럴 리가 없었다. 그녀는 이내 어리둥절해졌다.

"아니야, 내게 말을 했어요. 분명히!"

수현이 눈을 동그랗게 떴다.

"글쎄요… 어디 한 번… 더."

미구엘이 스크린을 조종해 영상을 다시 재생시켰다.

"보조 CCTV 영상에도 음성은 없어요."

그가 고배율로 화면을 확대시켰다. 수현은 여전히 믿기지가 않았다. 사람들이 그녀를 구해주기 전까지 분명히 필립과 얘기를 했었다. 또렷이 기억났다. 닥터 션을 위시한 몇몇은 도저히 못 믿겠다는 표정을 지었다.

"분명히 그렇게 말했어? 싱크로도 없는데?"

수현이 말없이 고개를 끄덕였다.

"꿈을 꾼 게 아니고?"

흐를료시코프가 물었다.

"그럴 리가요!"

수현이 단호히 고개를 저었다.

"어… 텔레파시 같은 것이었을 수도 있겠네요."

아수스가 더듬더듬 말했다.

"대체 저 녀석이 뭐라고 하든?"

타일러가 호기심 어린 눈으로 바라보았다. 사람들의 시선이 그녀의 입에 집중되었다.

"녀석이 한동안 껄껄 웃더니, 이상한 말들을 지껄이기

시작했어. 처음에는 나도 전혀 믿기지가 않았지. 사실 결코 있을 수 없는 상황이잖아. 그런데 필립은 인간의 언어를 완벽히 구사했어. 겉모습이 한참 변해버린 녀석이 아스틸베가 '진실의 돌'이라고 하더군. 그리고 자신은 이미 침팬지 따위가 아닌 다른 존재가 되었다… 그들의 거대한 계획이 스며든 위대하고 성스런 존재가 된 것이다. 곧 위대한 계획이 자신을 통해 실현될 것이다. 우린 자신을 따르고 숭배해야만 한다. 그리고 우리들은 즉시 여기에서 나가야 한다….”

“맙소사!”

여기저기서 제각기의 반응이 쏟아졌다. 못 믿겠다는 표현을 하는 이도 있었다. 수현은 좀 더 설명을 할 필요가 있음을 느꼈다.

“그리고 이런 뜻도 알 수 없는 말들을 내뱉더라고. 브라흐만? 그래… 브라흐만이라고 했던 것 같아. 브라흐만을 깨닫는 순간이 어쩌고, 순질이니 미현현이라는 알 수 없는 말들을 지껄였어. 아, 그래. 또 이렇게 말했어. 만물 위아래 머무는 브라흐만을 깨닫는 때 마음을 얽어매던 매듭이 풀리고 모든 의심이 사라지며 모든 속박에서도 벗어나리라. 그리고….”

기억을 더듬어 수현은 주문 같은 말들을 술술 내뱉었다.

“잠시만, 녀석이 뭐라고 했다고? 좀더 구체적으로 얘기해 줄래?"

잠자코 왔던 이니샤가 갈색 눈동자를 번뜩였다.

"주문 같은 말을 반복했어, 내가 기억할 만큼. 그러니까, 브라흐만을 강조하다가, 순질이니, 미현현을 연이어 얘기하더니. 공허한 말들은 이제 훨훨 날려버리리. 영원을 가로막는 사막은 티끌처럼 사라졌을 뿐이니. 감각 위에 의식이, 의식 위에 순질이, 순질 위에 찬란하고 위대한 아트만이 있고 그 위에 최상위의 미현현이 있노라. 그리곤, 우주에는 끝이 있다고⋯."

이니샤는 입을 다물지 못했다.

"그럴리가! 베단타(Vedanta)를 읊었다고? 그런 표현들은 힌두교의 우파니샤드, 고대 상키야 철학에 나오는 우주의 섭리에 관한 것들이야. 태초에 우주는 거대한 껍질 그러니까 아트만, 미현현 그리고 최상위의 순질이라는 거대한 위계 속에서 생성되었다는 말을 하고 있는 것 같은데. 가끔 저 멀리 순질로부터 진실의 돌이 세상으로 내려와 빛을 주고는 세상을 뒤엎는다는 전설이 내 고향에도 있었어. 그걸, 필립 변형체가 말했다고? 그렇게 심오한 것들을?"

이니샤는 연신 도리질을 해댔다.

"도저히 믿기지 않는군⋯."

수현 자신도 단단히 홀린 기분이었다.

어서 여기에서 나가야 해. 당신들의 운명이야.

불현듯 필립의 말이 머릿속에 들리는 듯 했다.

"아직, 잘은 모르지만 아스틸베와 뭔가 관계가 있는 것 같아요."

"왜, 그렇게 생각하나?"

정중혁이 물었다.

"필립이 아스틸베를 가까이하고 나서 이런 일들이 벌어졌으니까요."

수현이 말끝을 흐렸다.

그때였다.

어디선가 낄낄거리는 소리가 들렸다.

"정말, 다들 가관이군. 가관이야!"

냉소적 표정을 한 민머리의 남자가 낄낄거리고 있었다. 테이블 모퉁이 구석 자리에서 팔짱을 낀 채 의자에 비스듬히 뒤로 기대어 앉은 닥터 션이었다.

웃음을 멈춘 그가 대뜸 수현을 가리켰다.

"내 몇 가지 수현 박사에게 물어보리다."

"좋습니다."

그가 자리에서 일어나 뒷짐을 지고는 선내를 왔다갔다 하면서 읊조렸다.

"당신의 말을 요약하자면, 수어나 겨우 하던 침팬지가 난데없이 사람의 말을 하고, 텔레파시 같은 것으로 사람에게 힌두교의 베단타를 지껄이며 위협을 했다. 그건 촉발진화 때문일 수도 있겠지만 그러기엔 매우 드문 현상이다.

어쨌거나 이 모든 원인은 밖에서 주워 온 저 빛나는 돌덩이와 관련이 있는 것 같다. 이게 지금 당신이 말하려는 주요 골자요?" 아스틸베를 응시하던 그가 고개를 수현에게로 휙 돌렸다. "맞습니까?"

닥터 션과 수현의 눈빛이 미묘하게 교차했다.

"말하자면 그래요."

"이걸 어쩌나, 거의 망상 수준이군. 아니면 어설픈 연기를 하고 있거나."

수현의 미간이 일그러졌다.

"말씀이 지나치시군요."

수현이 불편한 기색을 내비쳤음에도 그는 아랑곳하지 않았다.

"『그리스인 조르바』에서 카잔차키스는 인생이 한바탕 굿판 같다 했는데. 여기도 딱 그 판이라니. 강민이 죽기 하루 전에 내게 귀띔해주더군. 저기 바이오스피어에서 식물이 몇 배 속도로 자란다고. 구아바 주스를 맘껏 먹는 것도 그런 연유였던가? 그래서 난 순하디순하던 침팬지가 괴물이 되어 미쳐 날뛰며 사람까지 위협하다 죽이고, 평온한 식물들이 난폭하게 자라나는 건 왜일까 생각해봤지. ARHGAP11B라는 유전자가 있어. 인간 뇌상피질 유전자라고. 사람의 지능과 인지력을 형성하는 데 관여하고 있지. 그런데 말이야, 이걸 DNA-유전자가위 벡터란 물질에 태워 동물의 뇌에 주입하면 바로 효과가 나타나지. 주입받은 동물들이 며칠 내로 인간의 사고 능력에 준하는 신경계적 특질을 갖추게 된다는 말씀이야. 또, 식물의 MIASRA231H 유전자는 어떻고? 이 녀석도 마찬가지로 식물체에 주입되면 땅딸보 같던 관목들도 넝쿨이 생기며 잭과 콩나무처럼 쑥쑥 자란다더군. 전부 엄격히 금지된 생명공학적 제제들이야. 그런데 참 신기한 게, 지금 저기 바이오스피어와 거기에 속한 동식물들에게 일어나는 변화들이 그 유전자들의 대표적인 표현형들이거든."

"대체 무슨 말씀을 하시고 싶은 거죠?"

"김 박사 당신, 우리한테 숨기는 거 있지?" 닥터 션이 뒤로 돌아가 수현의 휠체어 등받이를 꽉 잡았다. 그리고 그녀의 귀에 속삭였다. "말도 안 되는 광물의 신통력 같은 신비주의 컨셉으로 사람을 현혹하지 말고, 진실을 말해봐!"

수현이 휠체어를 휙 뒤로 돌렸다.

"숨기는 것 따윈 없어요!"

수현이 양손 주먹을 꽉 쥐었다.

"그럼, 강민이 본 것은 뭐지?"

"그때 강민 씨와 여기 타일러에게도 보여줬지만 각 개체들의 유전적 변형은 없었습니다."

"까막눈들이 본들 뭘 알았겠나? 전문가가 비전문가를 속이기는 어린애 팔목 꺾기보다 쉽겠지. 철저히 통제되어야만 하는 구역에 엔지니어들을 출입시키고 그들에게 DNA를 양자현미경으로 보여주었다는 것 자체가 어쩐지 냄새가 나는걸."

닥터 션이 눈을 가늘게 떴다.

"닥터 션, 김 박사는 지금 안정을 취해야 돼요."

보다 못한 이니샤가 그를 막아섰다.

"대원들 건강 상태는 내가 가장 잘 알아. 그녀는 충분히 이 대화에 참여할 상태는 된다고! 그리고 이니샤 박사, 당신이 지금 누구 걱정해줄 때가 아니야. 왜냐면, 내가 지금 당신들 눈에 씌인 큼직한 콩깍지들을 곧 벗겨내줄 거거든."

닥터 션이 능글맞게 웃었다.

"어디선가 음모론 같은 거 들으셨나 본데. 절대 그런 일은 없습니다. 동물들에게 뭔가 조작을 했다는 생각을 하신다면, 그게 오히려 당신의 망상입니다."

수현은 지지 않았다.

"끝까지 부인을 하시는구만! 좋아. 이건 뭐지?"

그가 호주머니를 뒤지더니 좁고 긴 물체를 탁자 위로 쓱 올려놓았다. 차가운 김이 모락모락 나는 파란색 액체가 든 끝이 평평한 간이 시험관. 모두의 시선이 그곳으로 모였다.

"사람이란 게 말이야, 꼬리가 길면 밟히거든. 강민이 죽고 나서 어쩐지 의심스러웠던 나는 당신의 실험실 냉장실 깊숙한 곳에서 이걸 발견했지! 어디에 쓰는 건지는 수현 당신이 잘 알 거야."

유전자 가위 벡터를 담은 의약품 제제였다. 닥터 션이 시험관을 높이 들어 올렸다.

"이것만 있으면 그 어떤 유전자도 주사 한 방으로 체내 주입이 가능하지. 이봐! 내가 핫바지로 보여? 나는 의사야. 생명공학 분야 지식? 어디서 스포츠나 하며 굴러먹다가 들어온 주제에! 흥, 휠체어 좀 탄다고 값싼 동정이라도 받을 줄 아나 본데. 엉뚱한 소리 지껄였다간 가만두지 않겠어! 당장 진실을 말하란 말이야! 이걸 어떻게 반입했고, 무슨 일에 쓴 거지?"

닥터 션이 드세게 몰아세웠다.

대원들의 표정이 한층 혼란스러워졌다.

수현은 실소를 하고 말았다. 정말 어이가 없었다. 기밀 시설 무단 침입에 모함까지. 만약 한 명이라도 제대로 된 생명공학자가 더 있었더라면 저런 소리를 감히 지껄이지는 못했을 것이었다. 이대로 순순히 당하고만 있다가는 저 돌팔이가 모든 의심을 그녀에게 뒤집어씌울 참이었다.

그녀가 다시 휠체어를 뒤로 회전시켜 대원들 쪽으로 향했다.

"DNA 벡터를 쓰고 있는 것은 우주 방사선 실험 때문이에요. 자주 유해한 빛에 노출되는 동물들의 유전자를 보정하기 위해서는 이 의학적 제제가 필요합니다. 공식적으로 발표하지 않은 것은 불필요한 의심을 피하기 위함이었고요."

수현은 항변하듯 설명했다.

"더구나 DNA-유전자가위벡터가 있다 하더라도 언급하셨던 ARHGAP11B, MIASRA231H 등의 도구 유전자가 없다면 아예 시도조차 할 수도 없어요. 그 외에도 전문 기기들이 있어야 가능할 겁니다. 답답하군요. 제가 왜 이런 설명까지 해야 하는지."

"얼쑤, 그걸 우리더러 믿으라고?" 급기야 닥터 션은 대원들을 선동하기 시작했다. 미칠 노릇이었다. "여러분, 대답을 들으셨습니까? 완벽한 궤변이지 않습니까?"

닥터 션은 끈질겼다.

"도구 유전자? 어디에 숨겼어?"

"그건, 당신의 망상 속에나 존재하겠죠."

"갈수록 태산이군. 이니샤 박사, 당신은 어떻소? 이 프로젝트를 함께 기획했던 핵심 관계자로서 누구보다 김수현 박사와 가깝게 지낸 사이일 텐데 지금 어떤 생각이 듭니까?"

닥터 션이 이니샤를 가리켰다.

그녀는 골똘히 생각하는 듯하더니 조심스럽게 입을 열

었다.

"수현, 내가… 말이야. 닥터 션의 이야기가 맞다는 게 아니라… 뭔가… 본인이 솔직해져야 한다면, 이런 상태에서는 얼마든지 모두에게 터놓고, 속 시원히 얘기할 필요가 있다는 생각이 좀 드네."

"너까지 왜 그러는 거야? 이니샤? 아니라니깐!"

수현이 역정을 냈다.

"거봐, 당신과 가장 친한 동료의 반응이 이렇단 말이야! 어서, 진실을 말하시지!"

닥터 션이 수현을 노려보며 험악한 표정을 지었다. 분위기가 점점 거칠게 이어지자, 여태 묵묵히 지켜보기만 하던 정중혁이 끼어들었다.

"닥터 션, 뭔가 단단히 오해를 한 것 같군요. 바이오스피어에서 허가되지 않은 유전자 조작은 있을 수 없습니다."

"여기 증거가 있잖아!"

닥터 션이 시험관을 가리켰다.

"증거라고 하기엔 완벽하지 않습니다."

"왜 자꾸 이 여잘 두둔하는 거지?"

"두둔한 적 없습니다. 재차 말씀 드리지만 선내에서 허가되지 않은 유전자 조작은 절대 있을 수 없어요. 김수현 박사의 말은 전부 사실입니다. 출항 이후, 단 한 번도 그런 적 없습니다."

닥터 션이 난감한 듯 얼굴이 붉어지더니 대머리를 매만지며 중얼거렸다.

"이런, 완전히 벽 보고 얘기하는 것 같구만. 좋아, 내 백 번 양보하리다. 하지만 진실은 곧 밝혀지겠지. 대신 내 제안을 들어주시지."

"제안이라뇨?"

"이 난국을 타개하기 위한 긴급 제안!"

선내에 일순 정적이 흘렀다.

"좋아요, 해보시죠."

"사실 이건 내가 누차 당신에게 언질을 주었던 거요. 바로, 변이개체 사살. 필립인지 뭔지 하는 저 괴물을 지금 당장 사살하는 것!"

"그뿐입니까?"

"천만에, 몇 가지 더 있지."

수현이 항의하려 했지만, 정중혁이 손을 들어 제지시켰다.

"좋아요, 계속해보시죠."

"멍석을 깔아줬으니, 화투라도 쳐야겠지? 이런 소리까지 굳이 안 하려고 했는데. 공식 선언을 하는 거지. 지구의 비타 카엘럼에 '이번 프로젝트는 실패했다' '우리는 귀환한다'라고. 어때! 간단하잖아."

선내에 일순 정적이 흘렀다. 평소 그를 옹호하는 흐를료시코프도 놀랐는지 오롯이 대원들의 눈치를 살피는 것 같았다.

정중혁은 무표정하게 아무 말도 없었다.

"왜 다들 놀랐나? 수백조 원이 투입된 이 프로젝트의 중대성을 내가 왜 모르겠어? 여기 수현 박사와 여기 이니샤 박사가 아이디어를 내서 추진된 것도 여러분 다 알잖아? 거창한 인류의 미래까지는 모르겠지만 화성 정착이 제대로 되지 않는 이 상황에서 새로운 우주 개척지가 시급한 것은 자명한 사실이고. 그래서 나도 지원했던 거야. 나 또한 이 프로젝트에 모든 것을 걸었다고! 하지만 사람이 죽었어. 사람이 죽었다고! 이렇게 된 이상, 일단 남은 사람은 살고 봐야 하지 않겠어? 게다가 수현 당신은 자신이 아끼던 그 개체에게 공격당했다고. 뭔 말인지 모르겠어?"

"대체 무슨 말씀 하시는 거에요? 필립은 이번 프로젝트의 핵심이에요. 왜 우리가 카이퍼벨트까지 온 건지 모릅니까? 곧 모이라이란 말입니다. 그러니깐… 우린 어떻게든…."

수현의 얼굴이 한껏 격앙되었다.

"맙소사, 그럼 저 괴변이체를 살려두자고?"

닥터 션이 눈썹을 추켜세웠다.

정중혁은 분위기를 진정시킬 필요가 있었다.

"닥터 션." 정중혁이 조용히 말했다. "의견 충분히 들었어요. 이제 됐어요. 이게 저의 대답입니다. 첫째, 필립은 우리 프로젝트의 핵심 실험체입니다. 변형체라면 더더욱 연구해볼 필요가 있죠. 어디서 어떻게 실패했는지, 실패가 아니라면 뭐가 그렇게 만들었는지 제대로 사로잡아 살펴봐야 하는 겁니다. 촉발진화든 뭐든요. 필립이 그렇게 변이됐다면, 우리 중 누구라도 그렇게 될 수 있을 거예요. 감정에 휘둘려서 결정할 일이 절대 아닙니다. 그리고 둘째, 프로젝트의 실패를 공식 선언한다. 그리고 회항한다. 그 또한, 우리끼리 임의로 결정할 사안이 아닙니다. 그건 비타 카엘럼의 우주 위원회 소관이죠."

정중혁이 잘라 말했다.

"하하, 역시 샌님 같은 양반! 뭐, 혼자서 결정할 수 있는 게 없지! 내 그럴 줄 알았어. 그럼 내가 대신 결정해주지! 아주 민주적인 방식으로!"

그가 벌떡 일어서서 주위를 둘러보았다.

"명령체계의 정상적 이행이 불가능한 상황에서는 모든 결정은 여기에 의거해야 해." 우주 항행법이 적힌 태블릿을 들어 팔랑거렸다. "여기 〈우주 항행법 승무원 준칙에 관한 조항〉, 제110조 1항. 정당하지 아니한 목적과 그 수단으로 우주 승무원에게 위해를 가하는 상황일 때, 그 원인을 제거 할 수 있다. 여기 더 중요한 조항도 있지. 〈특수 우주 임무에 관한 특별 조례〉, 제30조 7항, 명령체계의 이행이 불가능할 경우 다수결의 원칙을 따른다! 어때? 매우 합리적이지? 법에 따라 투표로 진행하면 돼!" 아무도 말이 없자, 닥터 션이 눈을 부릅뜨며 팔을 벌렸다. "왜 이래? 다들 솔직해지자고!"

"내가 볼 땐 닥터 션 말이 옳아. 더 이상 선택의 여지가 없어!"

흐를료시코프가 맞장구쳤다.

"이봐, 당신이 그럴 권한이 없어."

"왜 없어? 규정 못 들었어? 더욱이 우리들 생명줄이 걸린 일이야? 왜 맘대로 결정을 못해! 안 그래?"

"뭐라는 거야?"

타일러가 짜증스럽게 대꾸했지만 닥터 션은 그대로 밀어붙였다.

"어서 대원들 의견을 들어보자고. 그래, 우리의 불쌍한 어린 양, 아수스 뒤마소르에게 물어보지. 자네 의견은 어떤가?"

아수스는 고개를 푹 숙인 채 입도 벙긋하지 않았다.

"이봐! 아수스, 자넨 자칫 강민을 죽였단 누명을 쓸 뻔했다고! 그걸 구해준 사람이 누구였지? 자넨 은혜를 모른 척할 사람이 아니지? 내가 자네를 잘 알지. 자 어서, 의견을 말해봐."

곁으로 다가간 닥터 션이 그의 어깨에 손을 올렸다.

"전, 그저… 필립이… 정상은 아니라고 생각합니다."

"좋아, 그래서?"

"음. 그러니깐… 충분히 위험할 수도 있을 것 같아요. 모두에게."

순간 아수스의 눈길이 수현에게로 향했다.

"바로 그거야! 당장 제거해야겠지?"

"그건, 잘 모르겠습니다."

"그럼, 프로젝트 중단과 지구 귀환은?"

"그것도 잘 모르겠습니다."

"참 답답한 친구네. 좀 전까지 그 녀석이 위협적인 존재라더니?"

그가 못마땅한 표정을 짓더니 맞은편의 이니샤를 가리켰다.

"이니샤 박사는 어떻소?"

"전, 닥터 션의 주장에도 일리가 있다고 생각해요. 우리가 여기까지 오기 위해 수많은 노력과 열정을 기울였고 많은 기간을 준비했어요. 아시다시피 모이라이 프로젝트에 대해 최초 아이디어를 내고 기획한 사람이 바로 저와 김수현 박사였죠. 그러나 우주선이 난파되면서 계획은 크게 어그러졌어요. 아스틸베라는 광물은 신비롭긴 하지만 어쩐지 섬뜩하기도 하고요. 그 와중에 우린 우리의 소중한 동료를 잃었죠. 수현은 공격당했고요. 베단타를 읊는 필립

변형체가 모두를 위협하고 있다는 것은 확실한 것 같아요. 이 모든 게 대혼란 상황입니다. 이런 현실에서는 프로젝트를 계속 수행하는 것에 앞서 대원들의 안전이 우선이지 않을까 싶네요. 우주 위원회에 보고하고 회신을 기다리기엔 너무 시간이 많이 걸리고 그새 무슨 일들이 또 있을지도 모르겠고. 그러니깐… 수현, 미안해. 이런 말하기 참 힘드네요. 하지만 우리끼리라도 결정을 내려야 할 것 같아요. 이게 제 솔직한 생각입니다.”

“아주 좋아요. 이니샤 박사, 당신의 고견 너무나 훌륭하오.”

닥터 션은 박수까지 치며 대번에 기고만장해졌다.

수현은 대꾸조차 할 수 없었다.

“이런 미친! 닥터 션, 당신은 우리 전체를 갈라놓고 있어. 이간질시키고 있다고! 본인이 나서서 이럴 권한은 없다니깐!”

타일러가 깁스한 손까지 들며 소리쳤다.

“워워, 타일러 흥분하지 말게. 다친 팔 덧나겠어.” 닥터 션이 이죽거렸다. “그리고, 자꾸 권한 권한 하는데. 좀 따져보자고. 본디 우주선의 권한은 캡틴에게 있지. 그런데 지금 진짜 캡틴은 잠들어 있잖아? 군대 기준으로 볼 때 내가 다음이야. 조종사가 무슨 선장이 된단 말인가? 그래서 내가 ‘명령체계의 정상적 이행이 불가능한 경우’라고 〈특수 우주 임무에 관한 특별 조례〉라는 예를 든거야. 그런 반면에 나는 현직 군 소속 장교야. 계급은 대령이고. 저기 깨어나지 못하고 잠들어 있는 우리의 대장, 이 프로젝트의 실질적인 지휘관, 캡틴 오네로이도 군인이며 계급은 준장이란 거 여러분들도 잘 알 테고. 우주 군법에 따르더라도 작전 수행 중에 지휘관 부재 시에는 차상위자가 그 과업을 맡게 되지. 그래서 우주 군법에 따르면 현재 라온제나호의 총사령관은 '션 맥케이 주니어', 나란 말일세. 여기 정중혁을 비롯한 당신들은 민간인에 불과해. 지휘권이 없단 말이지. 〈우주 항행법〉도 있고 〈특수 우주 업무에 관한 특별 조례〉도 그렇고. 투표가 필요 없는 권한이 있음에도 대원들을 존중해서 투표를 하자는 건데, 가타부타 할 게 있겠나?"

"아예 선을 넘으려고 하고 있군. 제정신입니까?" 타일러가 경악했다.

"어서, 빨리들 결정하자고! 응?" 닥터 션은 아랑곳하지 않고 채근했다. 선뜻 누구도 호응해주지 않자 그가 골을 내었다. "이거 이거 봐. 자신들의 목숨이 경각에 달했는데, 프로젝트 성공 운운하며 달려들고 겁을 먹고 우왕좌왕 주저하는 꼴들이 우습군. 전부 내가 볼 땐 오합지졸들이었어. 한 명은 똥고집 선택적 장애인에다가 엉터리 우주생물학자, 한 명은 최하층 빈민 출신 미국인이 뭐 자랑이라고 입에 달고 사는 사고뭉치 조증 환자, 겁쟁이 아프리카 남미 잡종 촌놈, 사관학교 탈락자 가짜 선장, 삼류 파일럿들, 모두 내가 보기엔 한둘 빼고는 죄다 사회낙오자들이야. 딱 마이너리티 조합들인데, 어떻게 이렇게 대단한 프로젝트에 영입되셨을까? 기를 쓰고 모이라이에 가려는 이유가 뭐지? 숨겨놓은 보물선이라도 있었나? 아니면, 한국식 표현으로는 율도국이랬나? 뭐, 우주 지상낙원, 파라다이스 같은 도피처라도 태양계 끝에서 만들려는 건가? 루저들의 천국 같은 거?"

"그만 좀 하시죠!"

아수스가 귀를 막으며 소리쳤다.

"감히 어디서 큰 소리야? 너도 제발 꺼져! 이리 붙었다 저리 붙었다 하는, 이 정체성 모호한 깜둥이 양성애자 새끼야!"

"듣는 게이도 기분 나쁘다! 이 돌팔이 의사 놈아!" 타일러의 다치지 않은 오른 주먹이 닥터 션의 광대를 사정없이 후려쳤다. "왜? 다차원 차별주의자 랩이라도 연습하셨어?"

타일러가 분이 풀리지 않았는지 씩씩거렸고 바닥에 쓰러진 민머리 남자의 투박한 입술에서는 피가 흘렀다. 닥터 션이 시큰둥한 표정을 짓더니 타일러와 아수스를 번갈아 가리키며 실성한 사람처럼 실실 쪼갰다.

"이 친구들, 위아래도 없군." 닥터 션이 터진 입술에서 흘러내리는 피를 닦으며 빈정거리듯 웅얼거렸다. "당신 나한테 큰 실수 한거야. 지구로 귀환하게 되면 이 폭력 행위에 대해 반드시 책임져야 할 거야."

닥터 션이 겨우 자리에서 일어서더니 아스틸베에 다가가려 했다. 가만히 있던 아수스가 그를 제지하려 일어났다. 그러자 흐를료시코프가 아수스를 가로막더니 어깨를 밀어버렸다. 타일러가 한 손으로 흐를료시코프에게 달려들었다. 아수라장 같은 상태에서 닥터 션은 그들을 피해 비틀거리며 테이블 쪽으로 다가갔다. 순간 아스틸베는 마치 유로파 얼음 표면 아래 광활한 심해 해파리처럼 은은한 연분홍 빛을 발하며 기묘한 아름다움을 자아냈다.

"진실의 돌이라고? 지나가던 개가 웃겠다. 흥, 이런 불빛도 조작일 거야. 다 조작이라고. 미치광이 침팬지가 우주선을 돌아다니는데, 우파니샤드니 인도 철학이니 힌두이즘을 여기서 말해봤자 무슨 소용이냐는 말씀이지? 아예 핵심을 못 짚고 있는데 말이야? 이러지도 저러지도 못하고 우왕좌왕하는 너희들에게 의사로서 내가 진단을 내려줄까?" 닥터 션이 대원들을 매섭게 쏘아보았다. "이렇게라도 해줘야 다들 정신 차릴 것 같거든."

그는 아스틸베를 향해 손을 뻗어 그걸 머리 위로 집어들었다. 그 순간 닥터 션은 무언가에 홀린 듯 모든 동작을 정지했다. 이내 그는 자동 명령어가 입력된 로봇처럼 성큼성큼 중앙 계기판 쪽으로 다가갔다. 사람들의 눈이 휘둥그레졌다. 그가 번쩍 양팔을 들어 아스틸베로 중앙 계기판을 내리치려고 했다. 그때 정중혁이 앞을 가로막았다.

"더 이상 허튼짓하면 명령불복종으로 즉결 처분할 겁니다."

서늘한 느낌이 닥터 션의 관자놀이에 닿았다. 정중혁의 손에 권총이 들려 있었다.

"더 이상 선을 넘지 마시죠. 그걸 거두세요. 대신 프로젝트를 중단할지 지구로 귀환할지는 필립 변형체를 생포하고 나서 결정합시다."

"정필, 지금 무슨 말씀하시는 거예요?"

"아냐, 김 박사. 오네로이 선장님이었어도 이렇게 결정했을 거야."

그 말을 듣고 닥터 션은 잠시 입맛을 다시더니 손을 든 채 그대로 뒤로 물러났다. 그리고 아스틸베를 원래 유리 상자 그 자리에 두었다. 신기하게도 마치 투명 유약을 바른 거대한 우주 모함 기체 표면을 연상시키는 신비한 돌의 매끈한 표면은 우주의 모든 기운을 쓸어 담듯 호박색에서 버밀리온색에 이르기까지 오묘한 빛을 투광시키고 있었다.

수현은 정중혁이 그렇게 완강한 태도를 보이는 것은 일찍이 본 적이 없었다. 대원들 대부분이 돌아간 뒤에도 수현은 타일러와 남아서 한 시간이 넘도록 정중혁과 언쟁을 벌여야만 했다.

"당장 필립을 죽이겠다는 게 아니야. 프로젝트를 중단하겠다는 것도, 지구로 바로 귀환하겠다는 것도 역시 아니라네."

정중혁은 더 이상 한없이 다정하기만 한, 어떤 면에서는 우유부단하기까지 한 성격의 소유자가 아니었다. 그는 지금으로선 이것이 어쩔 수 없는 최후의 선택이라며 오히려 수현을 설득하려 들었다. 그의 눈빛이 워낙에 절실했기에, 수현은 그 계획을 받아들여야만 했다.

한 시간 후, 그는 수색 조를 두 개로 나누었다. 하나는 정중혁 그 자신과 수현, 타일러, 그리고 통신 담당 미구엘로 이루어진 A조와 이니샤, 아수스, 닥터 션, 흐를됴시코프로 구성된 B조였다. 우주선을 전방과 후방 구역으로 나누어 필립을 찾아 생포하는 임무를 각 조에다 부여했다. 닥터 션은 정중혁과의 어색한 극적 합의 때문인지 더 이상 난동을 부리지 않았지만 불평을 연신 늘어놓았다. 심지어 그는 대원 중 한 명을 미끼로 삼아 녀석을 유인해야 한다며 억지를 부렸다.

"이걸 왜 우리가 해야 하지? 난 여기까지 와서 동물 사냥을 할지는 꿈에도 몰랐어."

엔진실로 향하는 넓은 통로에 들어서자 닥터 션의 신경질적인 투덜거림은 더욱 크게 들렸다. 조장을 맡은 이니샤가 검지를 입술에 갖다 대며 몇 번이나 소리를 낮추라며 수신호를 보냈지만, 그는 아랑곳하지 않았다.

"사냥이 아니라, 생포지 않습니까?"

흐를됴시코프가 속닥거렸다.

닥터 션이 잔뜩 비웃더니 도리질하며 허리춤의 뭔가를 가리켰다. 그러자 고색창연한 사냥총의 손잡이가 슬쩍 옷깃 아래로 드러났다.

"저런… 산탄총 아닙니까?"

흐를됴시코프가 눈을 동그랗게 떴다.

"지금 뭐 하시는 거예요? 허가받지 않은 무기잖아요? 당장 보고해야겠어요."

"워워, 그랬다가는 이 총이 가만히 있지 않을 거 같은 데?"

닥터 션이 산탄총을 가리켰다.

"지금 협박하는 겁니까?"

"협박이 아니라 설명하는 겁니다요."

닥터 션이 시퍼렇게 부어 오른 입술을 매만지며 기분 나쁘게 이죽거렸다.

"이니샤 박사, 나도 알아. 정중혁이 당신과 아수스 뒤마소르를 여기 B팀 수색조에 넣은 건 날 감시하기 위함이라는 걸. 하지만 이건 알아주면 좋겠어. 난 단지 만일의 사태를 위해 우리 모두를 보호하려는 거라고. 미쳐서 날뛰는 돌연변이 괴물을 산 채로 잡으라는 것은 어불성설이야. 현실을 전혀 모르는 생각이지. 당신들이 알아? 난 협력의사로 1급 군 정신의학병동에 잠시 근무해봐서 아주 잘 알거든. 제정신이 아닌 인간을 제압하는 것은 평상시보다 몇배나 큰 위험이 수반된다고! 팔다리가 부러지기도 하지. 더구나 우리가 상대해야 하는 것은 인간보다 훨씬 힘이 센변이 짐승이란 말이야. 벌써 사람까지 죽인 포악한 놈이지. 저 미쳐서 날뛰는 괴물을 생포한답시고 여기서 개죽음당하기 싫단 말이야. 그건 당신들도 마찬가지 아냐? 한 번당신들 꼴을 봐. 가공할 변이체를 잡는 데 그깟 전기 충격기, 음파 충격기, 그물. 마취총, 그리고 맙소사, 흐를료시코프가 찬 저 긴 막대기 수준이라니! 그는 특수부대 출신이라고. 대체 대장 대리라는 작자의 머릿속에 뭐가 있냔 말이지."

닥터 션이 자신의 관자놀이를 가리켰다.

"이건 미친 짓이야."

"이미 합의했잖아요. 생포하기로."

"합의가 아니라 협박이었지, 그건. 정중혁 그놈이 머리통에 총을 겨누는 바람에 어쩔 수 없던 거였어."

"협박이 아니고, 지시였죠. 그래도, 어겨서 어쩌자는 겁니까?"

이니샤도 물러서지 않았다.

"알았어. 이 총은 어쩔 수 없는 상황에 직면했을 때, 위협용으로만 쓸게."

"그걸 우리더러 믿으라고요? 전 당장 조종실에 보고해야겠어요. 아까는 중앙계기판을 부수려고 하구선! 이번에는 당신이 주장한 대로 우리를 쏴서 미끼로 삼고 도망치면 어떡합니까?"

닥터 션이 순식간에 총구를 이니샤에게 겨누었다. 시퍼런 비상등 조명 아래로 은빛 총구가 서늘하게 빛났다.

"말했잖아! 내가 원치 않는 짓을 하면 이 총이 가만 있지 않을 거라고! 그리고, 아깐 내가 흥분했어. 사과할게."

그렇게 말하면서도 닥터 션은 아까 왜 중앙계기판을 부수려 했는지 자신이 생각해도 잘 이해가 되지 않았다. 너무 흥분했었기 때문이었을까? 그냥 겁만 주려고 했을 뿐이었는데, 그 돌을 들자마자 갑자기 저도 모르게 충동적으로 한 짓이었다.

"좋아, 내 약속하지, 절대 쓰지 않을게. 어기면 나를 '닥터 션'이 아니라 '개자식 션'이라고 불러도 좋아. 의사로서 군인으로서 내 모든 이름과 명예를 걸고 맹세하지. 대신 녀석을 생포하면 전원 투표를 해서라도 반드시 이 프로젝트를 중단시키고 즉시 지구로 회항시키고 말겠어. 내 당신들에게 분명히 약속하지. 지구로 회항하고 싶은 건 나뿐만 아니라 여기 내 친구 흐를료시코프, 이니샤 박사 당신, 그리고 아수스 자네 전부 마찬가지일 거야. 그러니까, 한 번만 눈 감아주라!"

닥터 션이 애원조로 말했다.

"알았어요. 일단 이 총구 치워요!"

이니샤가 마지못해 대꾸하자 닥터 션은 천박한 승자의 미소를 머금으며 총구를 아래로 거두었다. 비상구 전등이 이따금 민머리에 시퍼렇게 비치며 묘한 실루엣을 만들었다.

"미안해, 다들 놀랐지? 그래도 이게 다 닥터 션의 깊은 뜻임을 여러분들도 나중에는 고마워할 거야. 한가지 알아야 할 것은 수현, 타일러, 정중혁 저들은 분명히 꿍꿍이가 있는 거라고. 좀 전에 지나친 바이오스피어3 봤어? 마치 잭과 콩나무처럼 식물들이 자라서 바이오스피어 입구까지 뻗어 나왔더군. 완전히 다른 신세계가 되었어. 여러분들도 봤잖아! 왜 그런 줄 알아? 눈치챘겠지만, 유전자 조작으로 온통 범벅을 했기 때문이지. 하물며 영장류는 가만히 뒀겠어? 시작부터 좀 이상하다 싶었어. 께름칙한 냄새 같은 게 나더라고. 그래도 난 캡틴 오네로이만 믿고 여기까지 왔는데, 저렇게 잠만 주무실 줄이야. 위험수당까지 두둑이 챙겨준다길래 속은 내가 바보지. 애당초 테라포밍 같은 것에는 안중에도 없었어. 성간 우주로 향하는 전초기지니 바이오스피어3이니 하는 건 다 허울이지. 이건 진즉에 짜여진 시나리오가 있단 말이지. 저 인간들이 꾸미는 수작이 대체 뭘까? 목적 말이야. 이니샤 박사, 당신이 수현과 이번 임무의 공동 기획자잖소. 뭐라고 말 좀 해봐요. 정말 꿍꿍이가 뭐요?"

이니샤는 화가 치밀었다.

"그런 건 없어요. 아까 수현의 얘기도 들으셨잖아요? 지금까지 벌어진 일들은 전혀 예상했던 것이 아니에요. 나도 프로젝트를 우선 중단하는 게 옳다고 생각하지만, 처음부터 무슨 꿍꿍이가 있거나 비밀 계획이 실제했다거나 그렇지는 않을 겁니다. 그런 건 사전에 치밀하고 과학적으로 정밀하게 설계되었을 경우에나 가능합니다. 대원들이 알아차리지 못하게 진행한다는 건 말이 안 돼요. 아까는 판단이 흐려져서 수현을 다그치기는 했지만… 그런 소문을 누구한테 들었냐고 물어보면 다 닥터 션이라고 하던데….”

“이 사람이 큰일 날 소릴 하네!”

닥터 션이 발끈했다.

“혹시, 의사 후보 3순위 때문에 프로젝트에 불만이 있으셨던 건가요? 물론, 운 좋게 선발되셔서 탑승하긴 했지만….”

“생사람 잡겠네! 당신이야말로 허언을 마구 내뱉는구만. 내 확실히 해두어야겠어. 난 결코 뒤에서 헛소문 따위 퍼뜨린 적 없어. 똑바로 알라고!” 닥터 션도 지지 않았다. “녀석을 잡고 보면 알겠지. 유전자 샘플을 걸어보면 살인 병기 실험이든 뭐든 원인을 알 수 있을 테니까. 이봐, 아수스! 자네도 좀 뭐라고 해봐.”

닥터 션이 아수스를 다그쳤다.

“브라더! 내가 아깐 미안했어! 나 때문에 상처받았지?”

“제가 뭘요? 맘에 없는 말씀 마시죠?”

“난 사실 아수스 자네가 반대할 줄 알았어. 대체 입장이 뭔데? 왜 그리 항상 애매한 입장인 거야?”

아수스가 멈춰 서더니 닥터 션을 노려봤다.

"동료 목숨도 지키지 못한 놈이 무슨 할 말이 있겠습니까?"

"뒤늦게 사춘기라도 찾아온 거야? 지금 반항이라도 하자는 건가?"

그 말에 아수스는 아무런 응수도 하지 않고 다시 걷기 시작했다. 복도에는 터벅터벅 네 사람의 발소리만 울렸다.

"중요한 건 자네가 그 망할 놈의 침팬지 녀석을 직접 목격했다는 거야. 녀석이 어떤지, 얼마나 위협적인지 목전에서 직접 봤잖아. 나는 강민의 시체만 보고도 깜짝 놀랐어. 그 정도라면, 굉장한 변이를 겪었을 텐데. 우리가 도저히 감당할 수 없단 소리지. 그런 거라면 당당히 소신 있게 얘기했어야지?"

"이미 충분히 다 말했습니다."

"어허, 정말 답답한 친구로세."

"다들 좀 조용히 해봐요."

줄곧 레이더가 탑재된 휴대용 투시경을 머리에 얹은 채 앞장서던 이니샤가 일순 걸음을 멈췄다. 그녀가 신경을 곤두세우고 손짓했다. 모두는 입을 다물고 일제히 목에 걸어둔 고글을 착용했다. 고글의 디스플레이에 이니샤가 공유한 투시 화면이 떴다. 티타늄 합금으로 만들어진 우주선의 두꺼운 격벽 통로가 마치 천리안을 통해서 보듯 훤히, 검은 환영처럼 투명하게 드러났다. 전체의 시선이 일거에 한

곳으로 집중되었다. 이니샤가 가리킨 열한 시 방향 저 멀리서 희미한 붉은 점으로 표시된 물체가 빠르게 접근하고 있었다.

흐를료시코프는 입 속에서 단내를 느꼈다. 그 물체는 지그재그로 움직이며 그들에게 굉장한 속도로 치닫고 있었다. 갑작스런 움직임에 대원들은 당황했다. 선두의 이니샤가 묵직한 마취총을 전방으로 겨누었다. 붉은 점이 점점 가까이 다가왔다. 각자의 고글에 경보음이 커져만 갔다. 아수스는 저도 모르게 심장이 두근거리는 것을 느꼈다. 강민을 들쳐 업고 뛰던 때와 같은 기분이 들어 온몸이 얼어붙을 것만 같았다.

"젠장, 대체 뭐지?"

순간적으로 그 붉은 점이 사라졌다. 더 이상 경보음은 들리지 않았다.

"뭐야, 아무것도 아니네. 단순 오작동인가 보군. 그거 오래돼서 말이야." 흐를료시코프가 입맛을 다셨다. "이 자식! 잡히기만 해봐라, 인공태양 엔진으로 구워버릴 테다. 그다음, 쇠고기나 먹으러 갑시다… 다들….”

그러나 흐를료시코프가 채 말을 다하기도 전에, 어디선가 이상한 소리가 들렸다. 쉭 하는 소리와 함께 검은 그림자가 B조를 덮쳤다. 녀석이었다. 현란한 움직임에 닥터 션은 당장 총을 빼어 들까도 싶었지만 이니샤가 만류하는 바람에 마쳐 총구를 겨누었다. 검은 털은 거뭇거뭇하게 나 있었다. 이제 침팬지의 외양과는 아예 거리가 멀었다. 그렇다고 인간의 그것도 아니었다. 녀석은 모서리 위에 거미처럼 붙어서 사람들을 매섭게 노려보더니 가뿐한 자세로 아래로 착지했다. 두 다리로 당당히 선 모습이 낯설기 짝이 없었다. 흐를료시코프는 자신의 전기충격용 막대기로는 감당하기에 부족하다는 것을 느꼈는지 슬슬 움직여 닥터 선 등 뒤로 숨고 말았다.

"너를 해치려는 게 아니야."

팀 리더의 역할을 맡은 이니샤가 허리를 굽혀 최대한 상체를 낮추었다. 그리고 조심스럽게 수어를 섞어가며 대화를 시도했다. 이니샤는 수현의 어깨너머로 손을 써서 동물과 소통하는 법을 익혀왔다. 그러나 필립은 아무 반응도 없었다. 서늘한 눈빛으로 점점 그들에게로 다가올 뿐이었다.

"지금이야! 어서, 쏴야 한다고! 마취총 쏴!"

닥터 선이 뒤에서 채근하듯 외쳤다.

"악! 이게 뭐지?"

의도치 않았던 소리를 낸 것은 맨 뒤쪽의 흐를료시코프였다. 그의 발목에는 넝쿨이 둘둘 감겨 있었다. 어느새 복도는 정체를 알 수 없는 식물로 빼곡히 덮여 있었다. 언제 그렇게 되었는지는 몰랐다. 흐를료시코프는 겁에 질려서 그 넝쿨을 얼른 다리에서 떼어내려고 했다. 그러나 뜻대로 되질 않았다.

"나를 좀 도와줘!"

다급히 그가 소리쳤다. 동료들의 시선이 뒤로 향했다. 그리고 다시 앞을 바라봤을 때, 녀석은 이미 시야에 없었다. 아차 싶은 순간, 고양이 울음소리 같은 것이 뒤에서 울렸다. 뒤를 돌아본 세 사람은 경악했다.

"안돼!"

이니샤가 소리쳤다.

흐를료시코프의 머리통이 통째로 뽑힌 채 괴물의 손에 들려 있었다. 희미한 고양이 울음소리가 몸통을 잃은 그 입에서 흘러나왔다. 아직 살아 있는지 커다란 흰자위를 드러낸 그의 눈알이 초점을 잃고 좌우로 흔들렸다. 전혀 예상치 않은 충격적인 장면에 아수스가 그만 구토하고 말았다.

"정신 차려, 아수스!"

이니샤가 아수스에게 외치더니, 침착히 넝쿨 사이로 필립에게 최대한 가깝게 다가갔다. 훈련 시절에 배운 대로 격발 자세를 갖추고 마취총을 정확히 쏘았다. 그러나 아슬아슬하게 빗나가고 말았다. 녀석의 발목에 스프링이라도 달린 듯, 날렵히 피했기 때문이다. 다시 몇 발을 연거푸 발포했지만 필립은 보기 좋게 피했다. 이니샤는 난감한 표정을 짓더니 마취총을 바닥에 내팽개치고는 겨드랑이에 걸친 음파충격기를 꺼내 들었다. 보폭을 최대한 넓히고는 뒤돌아 외쳤다.

"모두 귀를 막아요. 어서!"

이윽고 고막을 찢는 듯한 소리가 주위를 삽시간에 뒤흔들었다. 출력을 최대치로 쏜 것 같았다. 거의 영혼까지 달아날 것 같은 충격에 체격이 건장한 닥터 션도 몸을 가누기가 힘들었다. 온 사물이 이리저리 튀었다. 닥터 션이 겨우 정신을 차렸을 때, 이니샤는 고개를 숙인 채 앞으로 고꾸라져 있었다. 얼른 다가가 맥을 짚어 보니 다행히 정상이었다. 숨도 쉬고 있었다. 음파의 큰 충격에 순간적으로 기절한 듯했다. 갑자기 몸이 가벼워진 느낌이 들었다. 좀전의 충격이 중력 장치에도 영향을 주었으리라. 그렇다면 정면으로 음파를 들이받은 괴물은 무사할 리 없었다. 닥터 션은 쾌재를 부르며 필립 쪽으로 몸을 틀었다.

그러나 필립은 어디에도 없었다.

어디선가 퉁퉁거리는 둔탁한 소리가 들려서 고개를 들어보았다. 좀 전의 충격으로 천장의 식물 줄기까지 날아갔다가 다시 아래로 떨어진 흐를료시코프의 머리통이 선내의 낮은 중력 때문에 축구공처럼 바닥 이리저리 토각토각 튕기며 내는 소리였다. 선홍색 피범벅이 된 염소수염 위로 드러난 공포에 굳어버린 흰자위. 그 광경을 보자 닥터 션은 일순 아드레날린이 온몸에서 솟구치는 걸 느꼈다.

"가만두지 않겠어." 닥터 션은 눈을 부릅떴다. "숨지 말고 나와라! 이 괴물아!"

닥터 션은 산탄총을 뽑아 그림자가 진 곳에 몇 발 난사했다. 그 때문에 구멍 난 벽에서 증기가 새기 시작했다. 닥터 션의 눈은 빨랐다. 뜨거운 증기 사이로 녀석의 움직임이 포착되었다. 녀석은 음파충격기에 입은 손상 때문인지 비틀거리고 있었다. 닥터 션은 그쪽을 향해 냅다 뛰었다. 그리고 손이 닿을 만큼의 확실한 거리에서 총구를 겨누었다.

녀석과 눈이 마주쳤는데, 이상야릇하게 웃고 있었다. 어디 한번 해봐라는 듯.

"죽어라!"

산탄총 방아쇠를 힘껏 당겼다. 큰 총성이 선내에 또다시 울려 퍼졌다. 그러나 녀석은 자리에 없었다. 총구의 방향을 이리저리 틀어 재끼며 두리번거렸다. 어쩐 일인지 손이 통 말을 듣지 않았다. 무엇인가가 그를 완력으로 제지하고 있었다.

거대한 촉수가 그의 팔을 잡아채고는 옴짝달싹할 수 없게 만든 것이다. 놀라서 옆을 봤을 때, 언제 나타났는지 괴물 녀석이 정면에서 그를 비웃는 표정으로 응시하고 있었다. 뭔가가 입 속으로 파고들기 시작했다. 닥터 션은 고통스러워 비명을 질렀다. 이렇게 죽는구나 하고 있던 순간, 사람의 고함소리가 들리더니, 그를 감쌌던 촉수의 힘이 풀리며 몸이 아래로 늘어졌다. 언제 정신을 차렸는지 이니샤와 아수스 두 사람이 각각 긴 금속 막대와 작업용 레이저 칼을 갖고 괴물에게 달려들고 있었다.

왜 저리도 무모한 짓을? 닥터 션은 언뜻 그런 생각이 들었다. 덕분에 자신의 목숨은 건졌지만, 본인들의 목숨은 단 1분도 건사하기 힘들 것이다. 예상은 정확했다. 얼마 지나지 않아 우악스러운 촉수가 작은 작업용 레이저 칼을 든 아수스를 먼저 옆으로 튕겨내더니, 금속 막대를 든 이니샤를 갈갈이 찢어놓기 시작했다.

"살려줘요! 닥터… 산탄총을….'"

이니샤가 힘겹게 손을 뻗어 소리쳤다.

그러나 닥터 션은 뒤도 돌아보지 않고 우주선 후미 쪽 복도로 내달리기 시작했다.

거센 비명 소리와 함께 귀를 찢는 둔탁한 소리가 우주선 복도에 메아리쳤다. 수현이 타일러에게 말했다.

"들었어? 저거 총소리 아냐?"

"나도 들었어."

바이오스피어3가 있는 쪽이었다. 수현은 아수스, 닥터 션, 흐를료시코프 그리고 이니샤의 얼굴을 차례로 떠올렸다.

"음파충격기 소리인 것 같은데… 잠시만요."

미구엘이 통신단말기를 얼른 꺼냈다.

"여긴 A팀, B팀은 응답하라! 닥터 션, 이니샤, 아수스! 응답하라!"

걱정스런 얼굴로 미구엘이 B팀의 이름들을 차례로 불렀지만 아무리 불러도 전혀 응답이 없었다. 수현은 손바닥에 진땀이 났다.

"이런, 답신이 없네. 잠깐만 수현, 일단 거기 서!"

수현의 휠체어는 곧장 바이오스피어3 방향으로 내달렸다. 단독행위를 하지 말라는 정중혁의 만류에도 수현은 아랑곳하지 않았다. 정중혁은 나머지 대원들과 함께 뒤따랐다. 수현은 휠체어를 옮기면서 왠지 몸이 깃털처럼 가볍게 느껴졌다. 좀 전의 충격 때문에 중력 장치에 무리가 갔는지도 몰랐다. 다들 무사하기를 바랐다. 그 후 몇 번의 총성이 다른 쪽에서 희미하게 울렸다. 누군가 총을 쏘고 있었다. 무슨 일이 벌어지고 있는 걸까? 수현의 신경이 극도로 곤두섰다. 제발 무사해다오. 속으로 줄곧 빌었다.

드디어 현장에 도착했을 때는 매캐한 화약 냄새와 피비린내, 그리고 알 수 없는 괴상한 냄새가 뒤섞여 사방에 진동하고 있어 숨을 제대로 쉴 수조차 없었다. 주변은 흡사 강력한 폭풍이 휩쓸고 지나간 듯 아수라장을 방불케 했다. 그리고 식물이 언제 그렇게 자랐는지 넝쿨이 복도를 뒤덮고 있었다.

이것들이 다 뭐지? 겨우 넝쿨 사이로 휠체어를 옮기려다 무엇인가 바퀴에 걸렸다. 무심코 아래를 본 수현은 경악하고 말았다. 그건 사람 머리통이었다. 흐믈료시코프의 몸통 없는 얼굴은 붉은 피를 입가에 잔뜩 묻힌 채 겁에 질려 굳어 있었다. 강민 이후로 두 번째로 맞닥뜨린 처참함이었다. 심장이 멎을 듯 먹먹해졌다. 정말 필립일까? 필립이 이런 짓을 한 것일까?

　근처에 또 다른 누군가가 쓰러져 있었다. 이니샤였다. 수현이 얼른 다가가 휠체어에서 내려갔다. 그리고 이니샤를 끌어안았다. 응급조치를 하려 했지만 그리 오래 걸리지 않아 허사라는 걸 깨달았다. 맥박이 아예 뛰지 않았다. 뒤따라온 타일러가 쓸쓸하게 고개를 가로저었다.

　"이니샤, 일어나! 제발 눈을 떠!"

　수현이 이니샤를 품 안에 끌어안고 외쳤다. 아무리 외쳐도 어떤 대꾸도 없었다. 이미 숨을 거둔 상태였다. 그녀의 동업자이자 친구, 자신을 절망의 구렁텅이에서 일으켜 여기까지 이끈 은인이 이렇게 허망하게 갈 리가 없다. 수현은 도저히 인정할 수 없었다. 믿을 수가 없었다. 그것도 자신이 아끼던 필립에 의해 이렇게 되다니. 한 생물을 살려야 한다는 자신의 선택에 의해.

　피투성이가 된 이니샤를 끌어안으며 수현은 오열하고 말았다. 다시 눈앞에 펼쳐진 처참한 광경. 한꺼번에 희생된 살육의 현장. 그건 학살이었다. 무자비한 도살이었다.

　어디선가 희미한 목소리가 들렸다.

　"도와줘요."

　반갑게 들려온 사람의 목소리. 아수스였다. 타일러가 목소리가 나는 방향으로 달려갔다. 다행히 아수스를 찾을 수 있었다. 아수스의 몸 역시 성치 않았다.

"어떻게 된 거야?"

"공격당했어요."

바닥에 드러누워 온몸에 피칠갑을 한 아수스가 가까스로 입을 열었다.

"필립이 그랬어?"

아수스가 말없이 눈물을 흘렸다.

"박사님, 저는 필립이 자신의 의지대로 그랬다고 생각하지 않아요. 여태 계속 그랬어요. 필립이 진정 원했던 건 우리 모두의 안녕일지도 몰라요. 그게 그 친구의 진심이었단 걸, 저는 알거든요. 우리를 이렇게 만든 건, 압도적인 미지의 힘이었어요. 결국 이렇게 될 줄 알았는데…. 박사님, 그러니까 미안해하지 않아도 돼요."

아수스는 통증 때문에 차마 말을 잇지 못했다.

"아수스! 정신차려야 해!"

"걱정말아요, 난… 괜찮아요." 그의 맥박이 점점 희미해지고 있었다. "시잠보… 수현…."

"시잠보, 아수스…."

스와힐리어 인사를 끝으로 그는 더 이상 말이 없었다. 창백한 두 눈동자는 허공을 응시한 채 어떤 미동도 없었다. 곁에서 무릎을 꿇고 지켜보던 타일러가 그의 눈을 감겨주었다. 수현은 아수스를 끌어안고 어깨가 흔들리도록 서럽게 흐느꼈다. 또 하나의 영원한 작별이었다. 친구의 얼굴은 고통스럽지만 평안하게 느껴졌다. 대체 왜 이런 일이 벌어진 것일까? 모든 것이 빙붕처럼 녹아 무너지는 것 같았다. 이 모든 게 자신의 잘못이었다. 흐느낌은 점점 커졌다. 수현은 혼절하다시피 목 놓아 울기 시작했다. 정중혁과 미구엘이 비통한 얼굴로 수현을 진정시키려 했지만 울음은 그칠 줄 몰랐다. 구슬픈 울음소리가 복도를 따라 너울처럼 일렁였다.

닥터 션은 계속 미친 듯이 내달렸다. 녀석을 얕본 것이 후회스러웠다. 비명과 애처로운 신음소리가 연신 등 뒤에서 울렸다. 쓰러진 아수스와 온몸이 갈갈이 찢겨 출혈이 심했던 이니샤도 구해주고 싶었지만 이미 때는 늦었다. 사실상 이제 별다른 방법이 없다는 걸 직감했다. 이를 악물고 현장에서 빠져나오고 말았다. 만약 그러지 않았더라면, 조금이라도 자신을 구해준 고마움에 동료로서의 보잘 것 없는 의리라도 발휘했다면, 자신마저 개죽음을 당했을 것이 뻔했다. 가끔 무전에서 희미하게 사람의 목소리가 들렸다. 복도에는 자신의 거친 호흡과 아득한 비명 소리가 귓가에 어른거렸다. 무엇인가 따라오는 느낌이 자꾸 들어 뒤돌아볼까 싶었지만 용기가 나지 않았다.

아무리 생각해도 이 방법밖에는 없다고. 그는 속으로 결심하고 말았다. 그 무엇도 녀석을 막을 순 없었다. 닥터 션은 거친 숨을 내쉬며 조종실과는 정 반대 방향으로 전속력으로 달렸다. 찢겨진 무릎이 쑤셔왔지만 어쩔 수 없었다. 아파도 나아가야만 했다. 녀석을 사살하겠다는 생각 따윈 진즉에 접었다. 어차피 놈을 죽일 수 없다면, 더 이상 이 우주선 어디라도 안전하지 않을 것이 분명하다. 녀석의 먹잇감이 되는 것은 시간문제다.

난 살고 싶다. 꼭! 살고 싶다. 가슴 밑바닥으로부터 갑작스럽게 생에 대한 의지가 기름처럼 들끓어 올랐다. 어떻게 여기까지 온 인생인데, 쉽사리 포기할 순 없다. 애초에 그는 거창한 것을 도모하고 싶은 마음은 추호도 없었다. 하루하루가 뻔하게 반복되는 지루한 군의관 생활, 보수는 그리 넉넉하지 않았지만 그런대로 만족하며 살 수 있었다. 더구나 자신에게 특출난 의술이 있는 것도 아니고. 아이들도 거의 다 커서 그냥 여생을 편히 즐기면 되는 것이었다.

그런데 그놈의 알량한 자존심이 문제였다. 어쩌다가 부부 동반 의대 졸업생 모임에 나간 것이 화근이 될 줄이야. 참석자 명단에 없던 그 녀석이 나타난 것이었다. 한때 외과 명의로 잘나갔던 닥터 션의 명성을 추락시킨 장본인이었던 그놈은 일류 종합병원장 명함을 뿌리며 한껏 거드름을 피우더니 기어코 미친 소리를 지껄였다. 그 개자식이 자신에게 했던 말이 아직도 기억났다. 의료사고 일으키고 실력이 들통나서 군대로 도망치더니, 의외로 잘 버티고 있는 것 같다고. 친구들이 말리지 않았다면 녀석을 죽도록 패버렸을 것이다. 그럼에도 분이 풀리지 않았다. 그날 이후 몇 날 며칠 밤을 제대로 잠을 청할 수조차 없었다. 인생에서 그만큼 치욕적인 순간이 있었을까? 기필코 녀석의 코를 납작하게 해주고 싶었다. 말해주고 싶었다. 아직, 나 '션 맥케이 주니어'는 건재하다고.

그러다 우연히 카이퍼벨트의 모이라이 프로젝트 모집 공고를 접하게 되었다. 큰 공적을 쌓고 자신의 명예를 드높일 수 있는 절호의 기회였다. 지원가능한 나이였다. 더구나 보수가 대단했다. 300억 원이 넘는 거금이라니. 보수에 준하는 성과급은 별도였다! 왕복 5년이 넘게 걸리고 살아 돌아와야 했지만 충분히 도전해볼만했다. 아내도 아이들도 만류했지만 신청서를 넣고야 말았다.

그러나 3차 선발이 되었음에도, 최종 선발을 앞둔 시점까지 자신보다 잘난 녀석들이 둘씩이나 앞을 차지하고 있었다. 그는 수단과 방법을 가리지 않았다. 의대생 시절 객기로 자원했던 특수부대에서 배운 첩보 기술을 이럴 때 써먹을 줄이야. 그는 누구도 눈치채지 못하도록 사고로 위장하여 경쟁자들을 은밀하고 치밀하게 제거해나갔고 마침내 승선할 수 있었다. 그렇게 어렵게 얻은 기회가 꽝이라니. 김수현이란 사기꾼에게 놀아났던 것이다. 이제는 생명이나 부지하려는 초라한 신세가 되다니. 인생이란 그랬다. 한낱 보잘것없고, 신기루 같은 게 인생이었다.

어쨌거나 지금은 냉정히 따져야만 했다. 현실적인 선택은 오로지 하나, 탈출하는 것뿐이었다. 그러기 위해서는 비상탈출선이 있는 우주선의 뒷부분으로 가야 했다. 아주 잠시 나머지 대원들의 얼굴이 떠오르기도 했다. 하지만 그들은 자신을 돕기는커녕 오히려 탈출에 방해되기만 할 게 뻔했다. 미친 것들. 승무원들의 목숨 따윈 관심조차 없고 오로지 공을 쌓는 일에만 정신을 뺏긴 인간들 아닌가? 그들은 자신이 희생되는 한이 있더라도 만물의 영장을 뛰어넘는 지능과 텔레파스 능력을 갖춘 이 괴물 녀석을 지키는 것이 마치 신대륙을 발견한 위대한 업적이라도 되는 것처럼 여기겠지? 천만에! 더구나 김수현 그 여자와는 눈에 흙이 들어와도 함께 갈 수 없다. 살인 기계가 된 괴물이 설치는 광기로 가득한 우주선에서 닥터 션은 한시라도 벗어나고 싶었다. 더군다나 녀석이 읊어대는 기묘한 시는 더욱 사람을 오싹하게 만든다.

바닥에 노란색 선이 나타났다. 비상탈출선으로 유도하는 선이었다. 착륙선이 위치한 입구에 이르자 개폐 스위치를 눌렀다. 그러나 아무 반응도 없었다.

무슨 일이지? 승선한 대원 그 누구에게나 스위치가 작동이 되어야 하는데 잠금 설정되어 있다니. 닥터 션은 어떻게든 문을 열려고 애썼다. 레버의 딸깍거림이 되풀이되었다. 그의 손이 바빠졌다. 그러나 아무리 시도해도 허사였다.

내 이럴 줄 알고 준비한 게 하나 있지! 닥터 션은 호주머니를 뒤적거렸다. 비상키를 몰래 복제해둔 것이었다. 의무관은 어디에서나 출입해야 했기에 가능한 특권이었다. 키를 슬릿에 꼽자, 마침내 탈출선 출구가 열렸다. 닥터 션은 가슴을 쓸어내리며 안도했다. 그는 즉시 조종석에 올라탔다. 탈출선의 최대 탑승 인원은 여섯이었다. 선내에는 요쿨살론* 목성 기지까지 갈 수 있는 두 대의 비상 탈출용 우주선이 대기해 있었다. 하나는 여섯 명이 탑승 가능한 대형이고 나머지는 세 명까지만 탑승할 수 있었다. 그는 당연히 생존 확률을 높이기 위해 대형 탈출선을 선택했다. 우주비행 학교에서 실습한 경험을 되살려 전원을 올리고 시스템을 부팅시킨 다음, 조종패널을 이리저리 조작했다.

잠시 후 소형 램제트 엔진이 활성화되며 이륙 전 예열을 위해 웅웅 돌아가는 소리가 들렸다. 이제 겨우 안심되는 순간, 등 뒤에서 어색한 기류가 느껴졌다. 왜 바람이 부는

---

* Jokulsarlon. 목성의 위성 유로파 궤도의 우주 기지. 유로파의 거대한 얼음바다를 상징하기 위해 아이슬란드의 유명한 빙하호수 요쿨살론 (Jokulsarlon)을 따서 지은 명칭.

걸까? 닥터 션은 뒤를 돌아봤다.

필립이 조종실 한가운데에 버티고 서 있었다.

"어떻게 네가?"

그는 즉시 품에서 산탄총을 꺼내 방아쇠를 당겼다. 그러나 그것으로 녀석을 막기에는 역부족이었다. 총알이 닿기도 전에 그 자리에서 사라졌다.

"이 집요한 놈 같으니."

닥터 션은 눈이 뒤집히며 광분한 상태가 되었다. 이곳저곳으로 미친 듯 총을 쏘아댔다. 일순 여기저기에 불꽃이 튀더니 탈출선 전체가 한꺼번에 화염에 휩싸였다.

겨우 추스리고 있던 대원들에게 거대한 폭발음이 들렸다. 우주선 꼬리의 탈출선 쪽에서 들려온 굉음이었다. 사태를 파악할 겨를도 없이 삽시간에 꼬리 부분에서 용솟음친 불길이 우주선의 배후를 휘감았다. 정중혁은 복도 끝의 비상 패널로 달려가 즉시 전체 방화벽을 내려 선내 전체를 차단시키더니 만일을 대비해서 희생된 대원들이 남긴 접이식 금속 막대와 전기 충격기, 마취총 그리고 아수스의 작업용 레이저 칼에 이르기까지 얼마 되지 않는 빈약한 무기들을 수거했다. 네 사람은 무기를 나눠 가진 뒤 필사적으로 진화에 매달렸다.

몇 시간의 사투 끝에 겨우 큰 불길을 잡는 데에 성공하는가 싶었지만, 문제는 하필 살아남은 불씨가 엔진실과 연결된 통로까지 옮겨 붙었다는 것이다. 결국 1호 다이달로스 핵융합엔진 제어장치로 번진 화마는—엔진 자체가 폭발하는 재앙적인 상황은 면했지만—마지막 희망을 삼켜 버렸다.

"엔진 제어기가 손상되었어요. 라온제나 전체를 띄우는 건 무리예요."

침통한 얼굴로 타일러가 말했다.

"그게 뭔 소리야?"

수현의 목소리가 떨렸다.

프로젝트의 완전한 종말을 의미했다. 인명피해가 크기 때문이기도 하지만 모선 없이는 더 이상의 임무는 불가능했다.

"이륙을 하려면 엔진이 최소 60퍼센트 이상의 기능을 해야 하는데, 지금은 우리가 아무리 정비를 잘해봐야 37퍼센트 수준 정도밖에 되지 않을 것으로 AI가 예측했어. 만약 무리하게 이륙을 시도했다가는 엔진에 과부하가 걸려 우주선 전체가 폭발할지도 몰라."

타일러가 조종실 대형스크린 화면에 표시된 우주선의 다이달로스 엔진의 상태와 이륙 시뮬레이션 화면을 연달아 보여주며 세 사람에게 말했다. 그의 표정이 매우 어두웠다.

"정말 그럴 것 같아?"

수현이 떨리는 목소리로 침울하게 물었다. 타일러는 말 없이 그저 고개만 끄덕였다. 말 그대로라면 앞으로 우주선을 움직이는 것은 불가능했다. 정중혁은 주력 엔진이 손상 되었기에 더 이상 모이라이로의 여정을 목표로 하는 것은 무리라고 단언했다. 수현의 두 번째 삶의 목표마저 전소된 것이다. 게다가 대원을 셋이나 잃었고 한 명은 실종된 상태였다. 수현과 줄곧 함께했던 이니샤를 잃었고, 아수스도 잃었다. 필립은 괴생물체가 된 채 대원들을 살해하고 어디론가 사라져버렸다. 거기에 주력 엔진까지 멈춘 것이다. 수현을 여태까지 지탱해왔던 동료와 친구와 꿈이 동시에 소멸했다.

"비상탈출용 우주선을 사용해야 할 것 같아요."

타일러가 모두에게 말했다. 대원들은 아무 말도 없었다. 그 말은 생존자 넷 중에서 적어도 한 명은 여기에 남아야 함을 뜻했다. 비상용 우주선에는 최대 세 명까지만 탑승할 수 있기 때문이었다. 특히 목성의 요쿨살론(Jokulsarlon) 기지까지의 여정을 감안하면 사실 세 명도 많은 수준이었다.

"다른 방법은 없겠나?"

정중혁이 침울한 얼굴로 짧게 물었다.

"안타깝게도 없습니다. 말씀드린 것이 현재로선 최선입니다."

타일러는 고개를 저었다.

"갑자기 그 얘기가 생각나는군. 셰클턴과 그의 탐사대 말이야. 옛날 20세기 초 영국의 어니스트 셰클턴이란 남자가 28명의 탐사대를 이끌고 인류 최초로 남극대륙 횡단에 도전한 적이 있었어. 먼저 두세 차례의 남극 탐험 경험이 있었기에 순조로울 것만 같았던 탐험은 전혀 예상치 못한 난관에 봉착하게 되었지. 그건 바로 부빙 때문이었는데, 시기가 여름이라 남극에 거의 없을 줄로만 알았던 부빙에 배가 갇혀버린 거야. 셰클턴은 대원들과 함께 약 500일을 표류하다 결국은 배를 포기하기에 이르렀지. 그리고 작은 돛단배 세 척에 의지해서 놀랍게도 단 한 명의 낙오도 없이 무사히 육지 상륙에 성공했어. 그러나 기쁨도 잠시. 거기가 무인도라는 절망적 현실에 직면하게 되네. 고심 끝에 그는 구조대를 불러오기 위해 자신을 포함한 여섯 명의 최후의 결사대를 꾸렸지. 그리고 무려 16일 동안의 기적적인 항해 끝에, 그때까지 어느 누구도 건넌 적이 없는 혹한의 집채만 한 파도가 쉴 새 없이 휘몰아치는 드레이크 해협을 횡단해 포경대에 구조 요청을 할 수 있었다네. 모두가 무사히 구출된 거야."

"정말 엄청난 얘기군요."

수현이 대꾸했다.

"그래, 아직도 회자되는 엄청난 얘기지. 그런데 나는…

셰클턴이 될 순 없을 것 같아."

"정필⋯ 당신은 최선을 다했어요."

"아니, 그렇지 않아. 사실 난 캡틴도 아니었고, 우주 항행사잖아. 그런 나에게 어니스트 셰클턴에게 일어났던 것과 비슷한 모험이 발생하리라고는 꿈에도 생각 못했거든. 라온제나호가 이 소행성에 충돌했을 때, 나는 전혀 준비되어 있지 않았어. 줄곧 사관학교도 제대로 졸업 못한 자라는 열등감에 사로잡혀 이리저리 헤매이기만 했고 닥터 션의 주장도 들으려 하지 않았지. 그저 피하기만 했어. 두려웠던 거 같아. 떠안아야 할 그 모든 것이, 그 결과 내 목숨처럼 지켜야 할 금쪽같은 동료들과 우주선을 잃었어. 그리고 프로젝트를 좌초시키고 말았네. 모두에게, 그리고 특히 당신에게 면목이 없네, 수현 박사. 미안하네, 정말 미안하네." 그가 비탄에 빠진 얼굴로 읊조렸다. "모든 것이 내 책임이야."

"정필, 당신은 매순간 최선을 다했어요. 나한테 계속 그랬잖아요? 캡틴 오네로이라도 그랬을 거라고. 주어진 환경에서 합리적인 선택을 한 것뿐이에요. 책임을 따질 거면, 나한테 있지요. 필립과 바이오스피어3를 지키려고 했던 사람은 바로 저란 말입니다."

"아냐, 절대 그렇지 않아!" 정중혁은 인정하려 들지 않았다. "다들⋯ 떠날 준비하게. 여긴, 내가 남겠네."

"비겁한 소리 마요." 수현이 소리쳤다. "그냥 여기 남겠다고요? 비장한 최후를 맞이하는 영웅이 되고 싶었나요? 자책하더니 이렇게 무책임한 말을 하다뇨? 그럼 탈출선은 누가 몹니까? 당신 말고 또 우주 파일럿이 있나요?"

"탈출선 조종은 거의 자동이라서 누구라도 할 수 있을걸세."

"그건 항로가 이미 정해져 있을 때나 그렇죠."

"그러니까 난… 당신들이…."

"억지 부리지 마세요, 정필. 만약 당신이 정녕 셰클턴이 되고 싶다면, 여기 비겁하게 남을 게 아니라 탈출선을 몰고 나가서 구조대를 불러와요! 어니스트 셰클턴처럼!"

수현이 지구 쪽을 가리키며 숨을 몰아쉬었다.

"수현 박사… 난…."

"제가 남겠어요. 더 이상 딴소리 마세요!"

수현이 정중혁의 말을 가로막으며 단호히 말했다. 모두가 놀라 그녀를 쳐다보았다.

"지금 무슨 소리야? 지구의 남편과 아이들은 어떻게 하고? 모이라이 프로젝트는 어쩔 건가? 지구에 돌아가 두 번째를 준비해야지."

정중혁의 눈동자가 흔들거렸다.

"그래, 수현. 감정적으로 생각할 때가 아니야."

타일러도 설득조로 말렸다. 그들의 말이 맞았다. 이런

결정은 결코 상식적이지 않았다. 남편은 조금은 그녀의 결정을 이해해줄지도 모른다. 그러나 훗날 아이들이 자랐을 때 그들의 곁에 그녀가 없다면, 과연 수현의 이런 의도를 납득해줄까?

"프로젝트는 누군가 이어서 하겠죠. 가족들은 제 개인적인 일입니다. 제 고집 때문에 일어난 일이니 제가 해결할 겁니다. 진심이에요."

그녀의 마음과 입은 따로 놀았다.

"왜 그게 당신 탓이야? 다들 합의했잖아!"

타일러가 말했다.

"박사님. 이러지 마세요. 제가 남을게요. 세 분은 각자 굉장히 중요한 역할이 있으십니다. 꼭 지구로 돌아가셔야 해요. 일단 여긴 제가 지키겠습니다."

미구엘 로비앙도 끼어들었다.

"미구엘, 딴소리 말아요. 통신 교신과 AI 운영은 누가 하죠? 제가 남겠습니다. 이렇게 된 원인을 따지자면 제 잘못이 큽니다. 제가 남겠어요. 그리고 저도 우주선 엔진까지는 매뉴얼대로 수리할 줄 압니다. 저는 여기 남아서 모선을 어떻게 해서든지 가동시켜볼게요. 구조대가 올 때까지." 수현의 의지는 단호했다. "닥터 션은 처음부터 여태 우리에게 경고하고 있었어요. 하지만 우리는 아니, 나는 프로젝트의 성공에 집착한 나머지 진실을 보지 못한 채 모든 것을 피해가려고 했죠. 프로젝트니 실험체가 아무리 중요하면 뭐합니까? 사람 하나의 목숨만 하겠어요? 저는 결국 동료들을 지키지 못했다고요. 그래서, 더더욱 제가 남아야 하는 거예요."

"지나치게 감정적이야, 수현. 더구나, 당신 혼자서는 무리야."

정중혁이 조종실 쪽으로 돌아서려 했다.

"그럼, 저도 같이 남겠습니다."

타일러가 정중혁의 소매를 잡았다.

"타일러, 당신까지 왜 그래?"

"여기 저렇게 생장점이 대폭발해서 온통 우주선을 휘감고 있는 식물들의 연구 성과를 보호해야 할 필요도 있습니다. 김 박사 혼자서는 감당 못하죠. 뿐만 아니라 책임 소재를 따져 거슬러 올라가자면, 중력장 제어장치를 제대로 관리하지 못하는 바람에 이 소행성에 불시착하게 된 게 가장 큰 잘못이겠죠. 저도 수현 박사와 함께 남겠어요. 저 대신 잠들어 있는 오네로이 선장님을 모셔 가면 되겠네요."

"오네로이 선장은 이제 가망이 없단 말일세."

정중혁도 애가 끓는 것 같았다.

무거운 분위기가 이어졌다. 정중혁은 그냥 공평하게 제비뽑기를 해서 결정하자고 재차 말했지만, 수현은 가장 비논리적인 방법이라며 반박했다. 결국 수현과 타일러의 뜻대로 되었다. 수현과 타일러는 만일을 위해 가족들과 동료들에게 보낼 영상 메시지를 녹화했다.

"여보, 그리고 우리 씩씩한 성진, 귀염둥이 아린아! 이걸 볼 때쯤이면, 주말 아침이겠네. 저기 말이야, 엄마는 여기 좀 더 있어야 할 것 같아. 할 일이 좀 남아 있거든. 엄마 친구 타일러 아저씨와도 같이 있으니깐 심심 안 해. 성진이는 엄마가 돌아갈 때까지 축구 연습도 열심히 잘하고. 아린이도 엄마가 돌아갈 때까지 좋아하는 춤도 재미있게 추고 오빠와 아빠랑 잘 지내. 알았지? 엄마도 곧 지구로 갈게. 참 그리고 앵두에게도 이따금 아몬드 간식도 잘 챙겨 주길 바라. 빠이 얘들아. 자기야 … 여기서부턴, 아이들에게 보이지 않게 해줘. 내가 당신에게 하는 말이니깐. 이건 정말 일어나서는 안 되는 일이지만…."

수현은 그 대목에서 목이 메여 울컥하려는 것을 겨우 참았다. 그녀가 앞머리를 쓸어 올리며 연이어 말을 이어 갔다.

"나 여기 남아야 할 것 같아. 구조대가 올 때까지 말이야. 일이 어쩌다 보니 그렇게 되었어. 자세한 건, 임무와 관련된 기밀사항이라 말할 순 없어. 혹시… 이건 만일인데… 내가 지구로 못 돌아가게 되더라도… 우리 성진이와 아린이 잘 부탁할게. 나 없어도 잘 키울 수 있지? 워낙 생기 넘치고 활발한 아이들이잖아. 무엇보다 당신은 훌륭한 아빠니까… 안심이 돼… 그리고 당신은 날… 이해해주길 바랄게. 항상 건강해야 돼. 그리고 많이 사랑해. 여보….”

　마지막엔 목이 메이고 말문이 막히고 눈물이 앞을 가려서 제대로 말을 잇지도 못했다. 수현은 그렇게 가족들에게 메시지를 남기고는 한동안 스크린 너머의 우주 공간을 바라보았다. 속으로는 이것이 마지막 메시지가 아니길 빌며.

정중혁과 미구엘 두 사람이 탈출선 탑승을 준비하는 동안 수현은 멍하니 그들을 바라보았다.

"닥터 션의 말이 맞았어."

수현이 웅얼거렸다.

"그 인간 말도 꺼내지 마. 널 궁지로 몰아넣으려 한 거 몰라? 유전자 조작 헛소리를 유포한 자도 그였어. 의술도 별로인 자가 가짜 뉴스를 퍼뜨리고 대원들을 선동하고 우주선에 분란을 일으켰어. 게다가 결정적으로, 동료들을 구하지도 않고, 혼자 살려고 하는 바람에 우리 모두가 이 지경이 됐거든? 좀 전에 녹화 화면 봤잖아!"

타일러는 아직 분이 풀리지 않는 것 같았다.

"죽은 사람 탓하지는 말자. 타일러…. 그 덕분에 괴물이 된 필립이 불꽃에 휩싸여 같이 사라졌잖아. 그의 말대로 필립에 대해 초기에 바로 손을 썼다면 어땠을까? 이렇게까지 되진 않았겠지? 그 생각만 하면 너무 후회되거든."

"이 상황에서 자꾸 그렇게 자신을 탓하지 마."

"내가 잘못된 주장을 하는 바람에 동료들을 다섯이나 잃었어. 내 어설픈 욕심이 모든 것을 망쳤어. 내가 나서서 정중혁에게 먼저 제안했어야 했어. 꿈을 안고 태양계 끝자락으로 왔건만, 그게 삶의 끝자락이 될 줄이야…."

수현은 넋두리를 늘어놓았다. 타일러는 수현을 위로하려 하다가 입을 다물었다. 이렇게 된 상황에서, 모든 게 헛된 일이었다. 바이오스피어3를 모이라이에서 성공시키겠다는 원대한 포부는 수포로 돌아갔다. 이젠 그것도 모자라 시한부 인생이 되어 자신의 가족과도 영원한 이별을 할 처지가 되었다. 가족들의 얼굴이 계속 떠올랐다. 남편과 아이들을 생각하니 가슴이 미어졌다. 그들은 지금 여기서 무슨 일들이 있는지 가늠조차 못할 것이다. 아무것도 남지 않은 황무지에 홀로 선 느낌. 하마터면 눈물이 다시 용솟음치려는 눈물을 참았다. 그러나 가슴 저 밑바닥으로부터는 스스로를 향한 질책과 분노의 소용돌이가 여전히 굽이치고 있는 것 같았다.

"저기… 타일러, 나 할 말이 있어."

한참이 더 지나서야 수현이 침묵을 깼다.

"뭔데?"

"아스틸베에 관한 거야."

수현이 나직이 입을 열었다.

"나도 마찬가지였어."

"뭐가?"

"아스틸베를 만졌을 때 말이야. 너에게 얘긴 안 했지만, 네가 말한 이후 나도 같은 경험을 했었거든."

"그래? 언제?"

"그날 필립이 날 공격했을 때."

수현이 고백하듯 말했다. 타일러에게는 머릿속이 폭발하듯 화려한 영상과 수많은 환영이 떠오르던 환상적인 경험을 말해주었다.

"그랬단 말이야? 놀랍군." 타일러가 혀를 내둘렀다. "너와 나의 경험이 굉장히 비슷하네. 대체 저놈의 정체가 뭘까?"

그는 한걸음 벽 쪽으로 다가가더니 경계 가득한 눈빛으로 투명상자 안에 놓인 아스틸베를 유심히 바라보았다.

"당초에 얘 때문이라고 생각했거든." 타일러가 팔짱을 끼더니 아스틸베를 가리켰다. "너도 내가 했던 말 기억나지? 그런데 지금 보니 꼭 얘 때문만은 아닌 것 같거든. 여기에 오면서 매일 되풀이되었던 너의 야릇한 꿈들부터 시작해서 구아바를 비롯한 바이오스피어3 식물들의 폭발적 생장점 활성화, 필립의 생체변화, 예상치 못한 낯선 소행성 충돌과 불시착, 대원들의 죽음. 이 모든 일련의 사건들이 여전히 의문투성이지만. 나는 그 뭐랄까… 우리가 전혀 알 수 없는 그 무엇에 맞닥뜨린 느낌이야. 인간이 여태 경험하거나 상상할 수조차 없었던 완전히 다른 차원의 그것."

"다른 차원의 그것이라니?"

"몰라. 단지 거기까지야. 더 이상은 나도 잘 모르겠어. 뭐랄까, 기묘한 느낌이라고 할까? 가령 누군가에 의해 계획된 것과 같은? 잠시 보여줄 게 있어." 타일러가 뜸을 들이다 호주머니에서 태블릿 단말기를 꺼내었다. "이 영상을 봐. 내가 직접 촬영한 건데…."

"이게 뭐지?"

수현이 눈을 동그랗게 떴다. 그녀는 제 눈을 의심했다. 분광기 복합모듈 아래로 드러난 거대한 원반형 접시와 사다리 같은 레이허 구조의 안테나. 그리고, 각각의 모서리에 선명하게 새겨진 영문이 눈길을 끌었다.

'V. O. Y. A. G. E. R. 2.'

"이거, 어디서 찍은 거야?"

"강민의 일 때문에 정필의 지시로 현장에서 찍은 것들이야. 죽음의 원인을 밝히기 위함이었어. 그런데 이걸 발견했지."

"보이저 2호는 벌써 수십 년 전에 태양계를 완전히 벗어났잖아. 그 뒤로 소식이 끊겼고."

"나도 그런 줄 알았지."

"정필도 알고 있어?"

수현이 단말기를 가리켰다.

"그럼, 즉시 정필에게는 보고했지. 미안, 너에게도 진즉에 얘기하려 했는데 연속으로 일들이 휘몰아치는 바람에…."

"여태 지구에서 교신받은 영상들이며 각종 데이터는 다 뭐지? 혹시 누가 장난 같은 걸 친 걸까? 모조품을 뒀을 수도 있으니깐."

수현이 혼잣말하듯 말끝을 흐렸다.

"나도 차라리 그런 거라면 좋겠네. 인류 역사상 여기까지 온 것이 우리가 최초가 아니라면. 제발 나도 그랬으면 좋겠다."

타일러의 대꾸가 궁색하게 느껴지긴 처음이었다.

"날 따라와볼래?"

"응?"

"나도 보여줄 게 있거든."

잠시 후 두 사람은 바이오스피어3의 열대 구역 입구에 이르렀다. 수현이 큼직한 밀짚모자를 닮은 슬라이딩 도어를 열기 바쁘게 거대한 초록 줄기들이 입구를 빽빽이 가로막고 있었다. 어느새 복도까지 거대한 열대우림을 이루고 있었다. 우주선에 어떻게 이런 일이 벌어졌는지 타일러는 그저 어안이 벙벙했다. 불과 이틀 전에 와본 것과는 딴판이었다.

"믿기지가 않는군."

"더 이상 들어가는 건 무리겠어. 매일 점점 그 성장이 가속되고 있어."

수현은 빽빽한 숲속을 가리켰다.

"확실한 건 아스틸베가 발견되고 나서 이런 증상이 가속화되었다는 거야." 수현이 담담하게 말했다. "식물의 뿌리 방향을 봐봐."

"대부분 지구, 그러니까, 태양의 반대 방향인 것 같은데."

타일러가 말했다.

"맞아. 어떤 연관이 있을진 모르지만 중력계에 기록된 값들을 보면 오르트 구름대에서 강력한 중력이 감지되고 있다는 거야. 태양보다 훨씬 큰 수준이지. 점점 증폭되고 있어."

"대체 어떻게 굴러가고 있는 거야?"

어째서 필립에게 갑작스레 변이가 일어났고 사람들에게 공격적이게 되었는지, 또 여기 잭과 콩나무처럼 자란 식물들은 무엇이며 중력의 방향이 왜 오르트 구름 쪽으로 향하고 있는지, 그는 도무지 이해가 되지 않았다. 타일러의 표정이 심각해지려는데, 그와 대조적으로 수현의 얼굴은 밝았다. 머뭇거리는 사이 수현이 먼저 말을 건넸다.

"좀 전까지는 사실 모든 걸 포기하고 싶었거든. 정필이 우리를 꼭 구조하러 오겠다고 말했지만 큰 기대는 안 되더라. 동료도, 가족도, 프로젝트도 다 끝이라는 생각이 들었어. 난 여기서 동료들을 보내고 영원으로 떠나는구나, 생각했지. 그런데 갑자기 타일러가 고마워지는 게 아니겠어? 지금 나와 함께해줘서 그런 것도 있겠지만, 좀 전에 테블릿 화면으로 보여준 그것 때문에 말이야."

타일러는 영문을 몰라 수현을 빤히 보았다.

"그걸 보면서 어떤 각오가 생겼거든."

"어떤 각오 말이야?"

그건 각오라기보단 일종의 의무감에 가까웠다. 그녀의 중요한 삶의 목표는 우주선의 갑작스런 불시착과 함께 좌초되고 말았다. 꿈꾸던 프로젝트를 이어가지 못하고 포기한 것도 모자라 사랑하는 가족들까지도 포기하고 생의 마지막을 준비해야 하는 처지가 되었음에도 타일러가 보여준 동영상과 바이오스피어3에서의 기현상들이 서로 연결되면서, 모든 일이 순식간에 거대한 퍼즐 조각의 일부인 것처럼 다가왔다. 그러자 왠지 모를 비장한 사명감이 끓어올랐다.

"지구 인류 문명은 지금 막 태양계 밖을 향하려고 있어.

하지만 아직 한 번도 인간이 직접 태양계를 벗어난 적은 없었지."

"아직은 그렇지."

"좀 전에도 말했지만 아스틸베를 만지는 순간, 누가 내 머릿속에서 영사기를 돌린 듯 인류의 지난 역사가 한꺼번에 한편의 파노라마처럼 지나갔어. 내가 의식할 수 있는 정도보다 훨씬 빠르게. 논리적으로 전혀 말이 되지 않지만, 난 그게 어떤 계시일지도 모른다는 생각이 줄곧 들었거든. 하지만 곧 부질없는 실버드림 따위의 허상이라고 여겼어. 그러나 지금은 좀 달라. 어쩌면 이 모든 것이, 여태 그 어느 누구도 한 번도 맞닥뜨리지 못한 상황에서, 우리에게 부여된 성스러운 임무인지 모른다는 생각이 들었어. 목숨을 바쳐서라도 알아내야 할 대상에 대한…."

"성스러운 임무라니?"

타일러가 물었다.

"미지의 진실에 한 발짝 더 다가가는 것 말이야."

그로부터 한 시간 뒤 모든 채비를 마친 탈출 캡슐이 진동과 먼지를 일으키며 소행성에서 솟구쳤다. 서울 시간으로는 오후 다섯 시 반, GAT로는 오후 한 시였다. 모니터 속 정중혁은 카운트다운 직전까지도 반드시 두 사람을 데리러 오겠다며 엄지를 들어 보였다. 이륙 후 한참이 지날 때까지 두 사람은 줄곧 조종실 모니터를 열심히 응시했다. 탈출 캡슐은 무사히 우주선에서 멀어져 갔다.

라온제나호에는 이제 그녀와 타일러밖에 남지 않았다.

탈출 캡슐이 거의 작은 점이 되어갈 즈음 타일러가 말했다.

"갑자기 목이 마르네, 간만에 구아바 주스나 좀 먹고 싶은데?"

두 사람 다 묘한 감정에 휩싸여 있었기에 수현에게는 타일러의 말이 반가웠다.

"그럴까?"

수현이 애써 웃으며 말했다. 그녀가 냉장고를 열고는 얼마 남지 않은 구아바 주스를 가져왔다. 둘은 사이좋게 남은 주스를 유리잔에 담아 홀짝였다.

"이렇게 둘이 호젓하게 마시는 것도 간만이다. 그치?"

타일러가 천진난만한 미소를 머금었다.

"그나저나, 저들과 함께 가지 그랬어? 탑승 가능한 자리가 하나 남아 있었잖아?"

수현이 물었다.

"또 그 소리 한다! 오네로이 선장님 태웠잖아! 당신도 여기 있는데 내가 어딜 가?"

"웬 오지랖이신지? 내 남편도 아니시면서?"

"아? 그래? 생각해보니 그렇군. 농담이야! 내 살길도 바쁜데, 남을 챙긴다고? 웬걸? 사실은 이거 때문이야!"

그가 구아바 주스 잔을 높이 들어 보이며 흰 앞니를 드러냈다.

"이 맛이 일품이거든. 세계 아니 우주 최고야! 이런 황홀한 맛을 두고 어떻게 떠나?"

수현이 어이가 없다는 듯 웃었다. 하지만 이 와중에도 여유를 부리며 너스레를 떠는 타일러가 신기하면서도 고마웠다. 당신이 진정한 정신세계의 승리자라고 말하고 싶었다. 그 사이 타일러가 단숨에 구아바 주스를 꿀꺽 들이 켰다. 커다란 목젖이 아래위로 보기 좋게 연동운동을 하듯 꿀럭거렸다.

"있잖아. 아까 내가 했던 말, 그냥 허튼소리라 생각해도 좋아."

수현이 말했다.

"아, 성스러운 임무?"

"응."

"글쎄, 나는 허튼소리라고는 전혀 생각 안 해. 이렇게 김 수현 박사와 남아서 구아바 주스 같이 먹는 게, 성스러운 임무가 아니고 뭐겠어?"

타일러가 우스꽝스러운 표정을 짓자 수현의 얼굴이 한 층 밝아졌다.

"정말, 타일러 씨의 긍정적인 마음은 어쩔 수 없네요."

"한잔 더 줄까?"

"그래, 좋지."

타일러가 잔을 받으려다 말고 벌떡 일어났다. 그러고는 성큼성큼 걸어가 냉장고 문을 열어 구아바 열매를 꺼내 한 입 베어물었다. 그가 과육째로 씹으며 입을 우걱거렸다. 나머지 반쪽을 수현에게 들어 보였다.

"전에 강민이 말한 거 기억나?"

"뭘 말이야?"

"참, 오묘하지 않아? 구아바의 단면이 우주의 모양 같다는 말. 그땐 턱도 없는 엉뚱한 소리라 여겼어. 근데 자꾸 생각해보면 볼수록 신기하단 말이야. 네 말을 듣고 보니, 어떤 상징 같기도 하거든. 그래 알아. 내 생각은 아예 말이 안 된다는 거. 그게 내가 여기에 너랑 남게 된 이유인 것 같기도 해."

타일러는 사막 여행 한가운데 멈추어 선 수도승처럼 진지한 표정을 지었다. 그가 잠시 묵상에 잠겼다가 이야기를 꺼냈다.

"우주에는 아직 인류가 모르는 것투성이잖아. 최근에 우리들에게 일어났던 일들이 바로 그러하지. 언뜻 예전에 남태평양에서 훈련을 하던 중에 들었던 전설이 떠오르더군. 남태평양 바누아투 섬의 전설인데 말이야. 태초에 우주가 생기기도 전에 신이 있었다는군. 하루는 너무 심심했던 신이 자신의 방광을 꺼내 풍선을 불자 하나의 우주가 만들어졌지. 신이 유심히 풍선을 들여다보니, 그 우주 안에는 온갖 진귀한 것들이 들어 있었어. 신은 그걸 보자 욕심이 났던지 또 풍선을 하나 더 만들었지. 이윽고 풍선에 또 다른 우주가 생기게 되었어. 그래서 신이 아무 생각 없이 자꾸 우주를 만들다보니 수많은 풍선에게 자신의 기력을 뺏길까 봐 갑자기 겁이 덜컥 났지 뭐야. 그제서야 풍선을 터트리려 했지만 이미 저 위로 날아가버린 뒤였어. 그

러다 가까스로 하나 남은 것을 잡았는데, 그게 바로 우리
가 속한 우주였다는 거야."

"그게 왜 생각났을까? 이 하필 이 상황에서 바누아투족
의 전설이라니."

"글쎄….." 타일러가 얼버무렸다. "나는 그 전설이 어쩌
면 진짜일 수도 있겠다 싶었거든."

타일러가 수현을 빤히 보았다.

"그런데, 나 한 가지 질문이 있어."

"뭔데?"

"아직도 그렇게 생각해?"

"어떤 걸?"

"그 껍데기 이론 말이야."

타일러의 얼굴은 그 어느 때보다 더 진지하게 도드라졌
다. 이제 그녀의 껍데기 이론을 이해할 것 같았다. 표면적
으로는 자신이 책임지겠다고 여기에 남은 것이지만 인간
의 지각을 넘어서는 현상을 맞닥뜨리자 또 다른 껍데기 속
에 있는 기분이 들었으리라.

"그럼, 당연하지." 수현이 미소 지었다. "거기에 하나 더
추가할 게 있어."

"뭐를?"

"윤하의 〈오르트 구름〉."

"아하, 무슨 뜻인지 알았어! 간만에 한번 들려줘?"

"좋지."

타일러가 AI에게 선곡을 주문하자 흥겨운 기타 리듬으로 이루어진 〈오르트 구름〉의 도입부가 흘러나오기 시작했다.

"있지, 한국어 가사라서 처음에는 몰랐는데, 정말 우리를 위한 노래인 것 같아. 오르트 구름 부근까지 온 게 몇 안 되는 인류잖아! 우리가 말이야! 대단하지 않아? 여기 가사처럼 어둠만이 전부이고, 아무리 무모하다 해도, 한계 밖의 여정은 설레이지. 우리는 개척자라고. 껍질을 깨고서… 하하."

노래가 클라이맥스에 이르려는 순간, 갑자기 삑삑거리는 소리와 함께 신호가 들어왔다.

"정중혁 부대장이야!"

먼저 모니터를 본 타일러의 행동이 다급해졌다. 긴급 구조신호였다. 두 사람은 즉시 통신 시스템을 올려 레이더로 탈출선의 경로를 살폈다.

16

"맙소사! 안 돼!"

수현이 소리쳤다. 그녀의 턱이 떨렸다. 아무리 화면을
고쳐봐도 레이더 경로에는 탈출 캡슐이 우주 공간 한가운
데 정지해 있었다. 메시지가 하나 더 들어왔다. 화상 정보
였다.

"전송된 화면을 봐,"

스크린에 우주선이 긴급한 순간에 외부로 송출되는 녹
화 장면들이 떠올랐다. 사람들의 말소리는 잘 들리지 않았
다. 탈출선 안의 모두가 다급한 얼굴이었다. 텍스트 정보
에 의하면 우주선이 알 수 없는 무언가에 의해 궤도상에서
정지되어 있었다.

"어떻게 된 거야?"

타일러가 어리둥절한 얼굴로 뇌까렸다. 시간이 많지 않

았다. 단 1퍼센트의 가능성이 있더라도 구출을 시도해야
만 했다.

"부스터 장치를 가동시켜보자." 수현이 제안했다.

타일러는 아무 말도 할 수 없었다. 부스터 장치는 비상
시에 딱 한 번 엔진의 출력을 최대치로 끌어올리는 가동
방법이었다. 그러기에는 많은 위험을 감수해야만 했다. 이
상황에서 우주선 엔진을 최대치로 가동했다간 사람들을
구하기는커녕 본인들 자체가 무사할지 의문이었다. 타일
러는 도저히 엄두가 나질 않았다.

"이 상태에선 부스터를 썼다간 우주선 자체가 산산조각
이 날지도 몰라. 잘 알잖아? 성공 가능성은 기존 37퍼센트
에서 더 낮아진다고! 아마 20퍼센트도 안될걸?"

"나도 알아, 하지만 부스터를 쓰면 오히려 짧은 거리는
가능할지도 몰라."

"그건 요행을 바라는 거라고!"

"이렇게 앉아서 지켜볼 순 없어. 다른 방법이 없잖아?"

수현은 양손으로 합장하듯 손을 모아 코끝에 다져갔다.
어지러운 생각들이 머릿속에서 잔뜩 뒤섞여 격렬히 소용
돌이치고 있었다. 그녀는 자신의 붉은 머리털보다 더 상기
된 타일러 얼굴을 정면으로 응시했다.

"타일러, 저들을 구할 사람은 우리밖에 없어…" 수현이
비장한 얼굴로 말했다.

"좋아, 알겠어…." 타일러가 마지 못해 대답했다.

"고마워, 타일러. 내가 갈게."

타일러가 제지했다. 엔진을 다시 가동하기 위해서는 사람이 직접 엔진 룸으로 가서 동력 차단장치를 수동으로 해제해야만 했다.

"아니, 내가 직접 갈 거야."

"당신이 가기엔 거긴 너무 위험해. 만에 하나 필립 녀석이 살아 있다면? 아니라고 장담 못하잖아? 너무 위험해! 내가 갈게, 수현."

"다친 팔로 어쩌려고? 타일러, 그냥 내가 가게 해줘. 한 명은 조종실에서 제어를 동시에 해야만 해. 우리 둘 중에 그걸 더 잘 하는 사람은 당신이잖아. 아까 그 폭발에 살아남을 생물은 없어. 필립은 걱정 마."

"그럼 이거라도 챙겨. 쓸 일이 없으면 좋겠지만."

타일러가 실탄이 든 총을 건네주었다. 그러나 수현은 굳이 챙기려 들지 않았다. 대신에 흐를료시코프가 쓰던 접이식 금속막대를 겨드랑이에 꼈고, 아수스의 작업용 레이저 칼을 주머니에 넣었다. 수현이 엔진실로 향하는 통로로 들어섰을 때 그곳은 신세계가 되어 있었다. 무수한 덩굴들이 벽이며 천장을 차지하고 있었다. 여기가 과연 우주선인가 정글인가 싶을 정도로 분간이 되질 않았다.

엔진실 입구에 가까워졌을 때, 여기저기서 움직임이 감

지되었다. 식물들이 생장해서일까? 타일러는 연신 무전으로 수현에게 정신을 똑바로 차려야 한다고 주의를 주었다.

마침내 엔진실에 들어섰을 때, 누군가 앞을 가로막아 섰다. 필립이었다.

"살아 있었다니."

닥터 션과 함께 죽은 것이 아니었다. 필립은 이제 유인원이라고는 생각할 수도 없을 정도로 완전히 다른 기괴한 형체로 변해 있었다. 몸의 일부는 침팬지도 아니고 사람도 아니었다. 그런데 왜 이리 낯익을까? 맙소사 수현이 꿈속에서 봤던 그 괴물. 아메바처럼 특정한 형체가 없이 괴촉수로 꿈틀대던 기이한 그 생명체!

"어서, 물러서! 그냥, 거기서 멈추는 게 나을 거야."

수현은 속으로 두려웠지만 단호하게 말했다.

"허튼소리. 너희는 여기까지라니까, 내가 벌써 경고도 했잖아. 어서 돌아가라고. 그게 너희의 살길이었어. 하지만, 그걸 어겼고 결국 파멸에 이르겠지."

"필립, 정말 이래야 되겠니? 난 정말 너를… 내 가족, 우리 아이들만큼이나 소중히 여겼어. 어쩌다 그렇게 된 거야?" 수현은 휠체어를 움직여 다가섰다. 먼저 필립을 흥분하지 않게 만들고자 했다. "응? 널 돕고 싶어."

"허튼소리! 결국 우린 너희에게 또 하나의 실험체였을 뿐이야. 그 이상 그 이하도 아니지. 그게 진실이라고." 촉수 속에 파묻힌 필립의 표정이 일그러졌다. "루시는 왜 죽였지? 왜 죽였는지 대답해! 어서!"

녀석은 수현이 대답을 채 하기도 전에 날카로운 촉수를 움직여 휠체어를 뒤집어버렸다. 수현은 즉시 바닥에 내동댕이쳐졌다.

"루시는 사고로 죽었어. 고의가 아니었어."

수현이 바닥에 겨우 앉으며 대꾸했다.

"거짓말."

"너희 둘 다 나에게는 특별했어. 진심이야." 수현은 절규하듯 외쳤다. "넌 내게 회색수염의 데이비드였어."

정신을 겨우 가다듬은 수현은 그를 어떻게든 설득하고 싶었다.

"허튼소리 말래도! 너흰 나와 루시를 이용할 뿐이었어. 역시 인간은 실패한 종족이야. 사라져야 할 것들이지."

"진심이야. 진실로 말한 거야."

"너희에겐 진실 따윈 없어!"

"그럼, 진실이 뭔데? 네가 아는 진실이 이건가?"

수현이 품에서 아스틸베를 꺼냈다. 잘 익은 복숭아 같은 영롱한 빛이 선내로 스며들며 흡사 살아 있는 생물처럼 너울거렸다. 녀석이 그걸 보자 한차례 크게 울부짖더니 꿀럭거리는 소리를 내며 다가왔다.

이게 결정적인 순간에 당신을 구해줄지도 몰라.

불현듯 남편의 말이 떠올랐다.

결단을 내려야만 했다. 필립은 어쩔 줄 몰라 하며 온통 아스틸베에 정신을 빼앗기고 있었다. 수현은 아스틸베를 바닥에 내려놓고 뒤로 물러났다. 그리고 녀석이 보지 못하도록 재빨리 작동 버튼을 눌러 휠체어를 거미 모드로 바꾸었다. 그 다음 바로 호주머니에서 레이저 칼을 꺼내 접이식 금속 막대 끝에 단단히 고정시켰다. 총을 가져왔으면 녀석이 진즉 알아차리고 수현을 가만 놔두지 않았으리라. 오로지 원시적 방법에 의존해야만 한다는 자신의 판단이 맞기를 바랐다.

마음 속으로 그녀가 스페이스 레이서 시절 날다람쥐 포지션을 취하던 때를 상기하며, 천천히 숫자를 역순으로 세어나갔다.

십, 구, 팔, 칠, 육, 오, 사, 삼, 이, 일.

이때다.

후면에서 살금 살금 기어오던 거미 모드 휠체어에게 수현이 신호를 보냈다. 휠체어는 그대로 녀석의 등 뒤로 달라붙어 세 쌍의 억센 다리로 삽시간에 옴짝달싹 못하게 만들었다. 필립이 촉수를 뻗고 몸부림을 치며 격렬히 저항했다. 그러나 거미 형태의 다리는 필립의 몸을 점점 더 조여갈 뿐이었다.

이제 최후의 일격을 날릴 때였다. 수현은 등 뒤에 숨겼던 레이저 칼이 달린 막대를 꺼내어 수많은 촉수를 끊어버렸다. 어디서 그런 괴력이 나왔는지 스스로도 놀랐다. 녀석이 당황하고 있는 사이, 마지막 있는 힘을 다해 레이저 칼이 달린 막대 끝으로 녀석의 심장을 꿰뚫어버렸다. 마침내 필립은 외마디 비명을 지르며 붕괴하듯 무너져 내렸다.

수현은 털썩 그 자리에서 온 힘이 빠지고 말았다. 지쳐서가 아니었다. 수현의 뺨에서 뜨거운 액체가 흐르고 있었다. 형언하기 힘든 감정이 수현을 덮쳐왔다. 수현은 살아남았고, 필립은 소멸했다. 승자의 기쁨 따윈 없었다. 수현의 모든 열정을 바친 친구가 허망하게 사라졌다.

박사님, 저는 필립이 그랬다고 생각하지 않아요. 필립이 진정 원했던 것 우리 모두의 안녕이었어요. 그게 그 친구의 진심이었단 걸 전 알거든요.

아수스의 말이 다시 떠올랐다. 그 말처럼 필립의 진심이 무엇이었는지 수현은 가늠할 수는 없었다. 어쩌면 아스틸베에 의해 추동되었거나 가슴속 켜켜이 쌓인 증오 때문인지도 모른다. 그러나 적어도 이건 그녀가 꿈꿨던 결말은 전혀 아니었다. 갑자기 홍수에 방둑이 무너진 듯 참았던 눈물이 솟구쳐 나왔다. 수현은 필립의 주검 곁으로 다가가 얼굴을 어루만졌다.

안 돼. 지금 뭐 하는 거야? 정신 차려야 할 때야. 머릿속에서 누군가가 말했다. 수현은 정신이 번쩍 들었다.

"지금이야!"

수현은 통신기에 대고 소리쳤다.

얼른 몸을 일으켜 기다시피 하며 벽에 붙은 패널로 다가
갔다. 그런데 패널의 위치가 몸보다 훨씬 높아서 손이 닿
지 않았다. 이를 악물고 벽의 홈을 잡고 등반하듯 올라 빠
른 손놀림으로 엔진 기면 해제를 실행했다.

"타일러, 엔진을 가동시켜. 어서!"

수현의 신호에 타일러가 엔진의 가동 버튼을 눌렀다. 잠
시 후 우주선은 크게 흔들리며 솟구쳤다. 동시에 수현은
귀를 막고 아스틸베를 품에 안았다. 눈을 감고 기도했다.
모든 것이 무사하기만을 바라면서.

17

몇 분이 더 지났을까.

"괜찮아, 수현?"

"우리 이륙에 성공한 것 같아."

어디선가 귀에 익숙한 목소리가 들렸다. 선내 대부분의 에너지를 부스터에 쓴 탓에 잠시 소등이 되었었다. 어둠이 가시자 홍조 띤 타일러의 얼굴이 드러났다. 이륙에 성공하자마자 즉시 자동운항 모드로 바꾸어 놓고 한달음에 수현에게로 왔던 것이다.

그러나 주위가 눈에 들어오자 이내 시퍼렇게 질리고 말았다. 도저히 가늠할 수 없을 만큼 변해버린 괴생물의 사체가 희뿌연 점액질 거품과 뒤엉켜 주변에 널브러져 있었기 때문이다. 복도 여기저기, 사체의 일부로 추정되는 끈적끈적한 촉수가 즐비했다. 아스틸베는 주인을 잃은 듯 바닥에 무채색 물체처럼 덩그러니 놓여 있었다. 주변에는 난생 처음 맡는 악취가 진동해서 머리가 띵할 지경이었다. 그건 몰살당한 동료들의 피비린내와도 달랐다. 타일러는 한동안 할 말을 잃었다. 겨우 적응이 되자 복도 한켠에 쪼그리고 앉아 양손에 얼굴을 파묻은 채 꿈쩍도 않고 있는 수현이 보였다. 타일러가 이름을 불러봤지만, 아무런 대꾸가 없었다.

타일러는 천천히 수현에게 다가갔다. 숙연한 얼굴로 아무 말 없이 수현의 어깨를 보듬어 주었다.

"하늘의 뜻일 거야."

두 사람은 한동안 그렇게 가만히 있었다.

친구의 위로에 마음을 추스르는 것도 잠시. 항법 AI가 목적지에 접근했다는 안내와 함께 속도가 느려지더니 급기야 우주선이 정지했다.

"아직 좀 더 남았을 텐데…."

오류가 있음이 분명했다. 두 사람은 서둘러 조종실로 향했다. 그러나 타일러의 예상과 달랐다. 거대한 프런트쉴드 창 너머를 확대하지 않고 맨눈으로 직접 확인해도 탈출선이 명확히 보였다. 이미 그들은 근처에 와 있었다. 어떻게 가능했던 것일까?

"탈출선은 응답하라." 아무 소리도 들리지 않았다. "정중혁 부대장! 들립니까? 전부 무사하세요? 미구엘! 내 목소리 안 들려? 다들 괜찮은 거야?"

타일러가 긴급무전으로 두 사람의 이름을 수차례 불렀다. 그 어떤 응답도 되돌아오지 않았다. 타일러는 항법 모드를 수동으로 바꾸어 라온제나호를 조금 더 전방으로 움직여보기로 했다. 모선 역시 꿈쩍도 하지 않았다.

"젠장, 하현 쪽이 무엇인가에 걸린 것 같아. 우주 먼지 때문인가? 직접 나가봐야겠어."

"어떻게 하게?"

"최대한 우리 우주선 모서리 끝까지 붙어서 간 다음, 탈출선까지 최단 거리로 우주 유영을 해서 직접 해치를 열 작정이야."

"좋아. 그럼, 나도 같이 가!"

수현도 타일러를 따라 기밀실로 향하려는 바로 그때, 휠체어 배낭에 담아두었던 아스틸베가 공중으로 떠올랐다.

처음 보는 광경에 두 사람은 입을 다물지 못했다. 아스틸베는 마치 성경 속 동방박사를 인도하던 베들레헴의 별처럼 천천히 선내의 공기 속으로 떠올라 은은한 다홍색 빛을 선명하게 발하며 스스로 기밀실 쪽으로 앞장섰다. 누군가 흑마술이라도 부리는 것처럼. 기밀실에 이르러, 두 사람이 급하게 EMU를 착용하는 사이 아스틸베는 단단히 잠긴 외부 개폐 출입구를 단숨에 통과해 우주 공간으로 날아갔다. 수현이 어떻게 된 셈인지 혼란스러워하는 사이 타일러가 먼저 제안했다.

"뒤따라가보자!"

아스틸베로부터 발산되는 다홍색 빛이 탈출 캡슐을 향했다. 수현은 타일러를 굳이 말리지 않았다. 육중한 개폐구가 열리자 타일러가 수현을 등에 업은 채 모선의 표면을 천천히 걸어나갔다. 아스틸베는 머리 위로 솟구쳐 탈출선 가까이로 향하고 있었다. 몇 분 뒤 탈출선과 가장 가까운 모선의 모서리 끝 지점에 이르렀을 때, 선명했던 다홍색 빛이 별안간 그들의 시야에서 사라졌다. 황급히 사방을 둘러보다 정수리 위에 반짝거리는 오묘한 다홍색 빛을 발견했다. 자세히 보니 아스틸베는 희미하고 거대한 실루엣의 스크린 같은 것을 배경으로 둥둥 떠 있었다. 어슴푸레한 격벽같이 보이기도 했다. 그리고 그 격벽 바로 앞쪽으로 정중혁과 미구엘을 태운 유선형의 탈출 캡슐이 마치 사막의 유령처럼 정지해 있었다.

"대체 저게 뭘까?"

우주 공간에 그런 거대한 구조물이 있으리라고는 여태 상상해본 적이 없었다. 타일러가 찬탄했다. 수현 또한 그만 넋을 잃고 그것을 멍하니 올려다보았다. 탈출선 구조도 잠시 잊은 채였다. 태양보다 붉은 홍색의 거대한 격벽은 흡사 어느 미술 작품을 연상케 했다. 둥그렇고 거대한 버밀리온색에 가까운 격벽의 원은 무한하게 확장되며 모든 것을 빨아들일 것만 같았다. 수현은 가슴속 저 아래 어디선가 강력한 호기심이 샘솟았다.

"내가 먼저 접근해보는 게 낫겠어."

"혼자서는 위험해."

"아니, 둘이 같이 가는 게 더 위험해. 저 희뿌연 게 뭔지 일단 내가 확인해볼게."

타일러는 수현이 제대로 대답할 틈도 주지 않고 자리에 내려놓고는, 우주선 표면을 박차고 반발력으로 허공에 뛰어올랐다. EMU의 가스 분사 장치를 쉴 새 없이 소모시키며 아스틸베 쪽으로 곧장 날아갔다.

"조심해, 타일러."

"걱정 마. 우주 유영은 내 전문이니깐."

수현은 멀리서 타일러의 EMU 공유 화면으로 그를 지켜봤다. 한참을 EMU 우주 유영을 하던 타일러가 가스 분사 장치를 반대쪽으로 분사해 멈추어 섰다. 가까이서 보니 탈출선의 바깥쪽 해치가 열려 있는 게 아닌가? 뭔가 영 느낌이 좋지 않았다. 캡슐 뒤로는 아까는 희뿌옇게만 보이던 격벽이 선명하게 드러났다.

"탈출선, 탈출선. 들리나? 여긴 타일러! 여긴 타일러! 지금 탈출선 바로 앞이다. 탈출 캡슐 바로 앞이다. 반복한다. 탈출선, 탈출선. 여긴 타일러! 여긴 타일러! 들리나? 정중혁 부대장, 아직도 안 들려요? 다들 무사합니까? 정필, 미구엘, 들리나?"

타일러는 분통을 터뜨렸다.

"젠장, 아무도 대답을 안 하는군! 캡슐 안으로 내가 직접 들어가봐야겠어."

"조심해, 타일러."

수현이 말했다.

"걱정 붙들어 매셔!"

그러나 캡슐 안에는 환히 조명만 켜져 있을 뿐 아무도 없었다. 심지어는 동면 상태의 오네로이 선장도 보이지 않았다. 타일러는 더욱 혼란스러웠다. 다시 탈출선 밖으로 나온 그가 주변을 빙 둘러보았지만 역시 아무도 보이지 않았다. 다들 어디로 사라졌단 말인가?

캡슐 근처의 아스틸베는 격벽 앞에서 얼어붙은 듯 아무런 움직임을 보이지 않고 있었다. 빛은 아까보다 훨씬 더 강해진 것 같았다. 답답한 나머지 EMU 카메라로 아스틸베를 비추려는데 마치 그것이 자신을 부르는 것 같았다. 타일러는 탈출 캡슐을 등지고 서서히 아스틸베 쪽으로 다가갔다. 마침내 아스틸베에 팔을 뻗으면 닿을 만한 위치로 이르렀다. 격벽과는 불과 몇 미터 거리였다. 타일러는 EMU 카메라를 파노라마 뷰로 전환시켜 투명 실루엣 스크린 같은 격벽을 보여주었다. 가까이서 보니 거대한 격벽은 왼쪽 공간의 시선 너머에서 오른편 공간의 육안으로 확인되지 않은 곳까지 끝없이 펼쳐져 있었다.

"이거 보여?"

"응, 보여. 그런데 패턴이….'

굉장히 눈에 익은 문양들이었다. 수현은 대번에 그게 아스틸베의 모양이라는 것을 알아챘다. 멀리서 희뿌옇게 보이던 스크린은 타일러가 근접해서 보여주는 화면에서 원모양이 아닌 굉장히 선명하고 밝은 다홍색의 마름모꼴 격자무늬 패턴을 띠고 있었다.

"아스틸베!"

둘은 동시에 외쳤다.

"그래, 완전히 같은 모양이야. 이게 웬일이래? 더욱 놀라운 건 여기 아스틸베의 다홍색 빛과 진동을 거의 동일한 패턴으로 공진하고 있는 것 같다는 점이야. 어디 비교해봐봐."

타일러가 EMU 카메라를 움직여 격벽과 아스틸베를 재차 번갈아 보여주었다.

"정말 신기하지 않아? 어릴 때 아버지와 처음이자 마지막으로 미술관이란 데를 갔었어. 뉴욕 구겐하임 미술관이라고. 그때는 20세기 후반 미술가들의 작품을 주로 전시했는데, 한국 출신의 김환기라는 작가의 〈우주〉라는 거대한 그림이 사람을 빨아들이더군. 허공 속에 두 개의 큰 푸른 원은 각기 작은 셀로 구성된 다층적인 파장을 일으키는

구도였는데 난 한동안 넋이 나간 듯 벽에 걸린 그 거대한 청색화를 멍하니 바라만 봤어. 그러면서 나도 우주로 한번 나가봐야겠다고 어렴풋이 생각했었던 것 같아. 그때가 생각나."

그가 연신 카메라를 와이드 스크롤 모드로 보여주며 수현에게 중얼거렸다.

"이거 녹화 잘 되고 있지?"

"그럼. 당연하지."

"아직 뭔지 모르지만 모선 메모리에 꼭 전송해서 잘 저장해. 어쩌면 인류 최초의 발견이 될지 모르니까, 역사적 기록이 될 수도 있잖아. 젠장, 지금 우리가 뭔 얘기를 하고 있는지 모르겠군. 탈출선, 탈출선 들리나? 여긴 타일러! 여긴 타일러! 응답하라! 정중혁 부대장, 미구엘! 들리면, 응답하라. 여긴 타일러. 여긴 타일러!"

일순 목이 메였는지 그는 헛기침을 한두 번 하고 거듭 무전으로 탈출선 대원들을 찾았다. 그때 아스틸베가 갑자기 움직이더니 백열등보다 밝은 빛을 발하여 거대한 격벽 속으로 들어가기 시작했다. 타일러는 당황했는지 아스틸베가 사라지지 못하도록 직접 손을 뻗어 막으려 했다. 수현이 만지지 말라고 무전으로 애써 그를 말렸지만 소용없었다.

"이런, 뭔가 이상해."

화면이 심하게 흔들렸다. 수현은 타일러가 걱정되어 몇 번이고 그의 이름을 불렀다. 다행히도 겨우 화면이 안정되면서 타일러의 얼굴이 재차 드러났다.

"나 이제 알 것 같아. 모든 게 맞았어. 필립이 너에게 했다는 말 말이야. 그러니까 미현현이란…."

타일러가 천지개벽한 듯한 표정을 짓더니 곡면에 손을 댔다. 삽시간에 그가 흡수되며 안쪽으로 빨려 들어갔다.

"이런, 도와줘!"

타일러가 황급히 비명을 질렀다. 화면이 흔들거리며 갑자기 까맣게 되었다. 수현이 놀라 목청이 터져라 애타게 그의 이름을 호출했다. 전송 화면이 끊기며 온통 어두컴컴해졌다.

대체 저 위에서 무슨 일이 일어난 걸까? 어서 타일러를 구해야 한다는 일념에 수현은 단거리 달리기 선수처럼 양팔을 어깨넓이로 벌리고 출발 자세를 취하더니 곧장 물구나무를 섰다. 스페이스 더블 레이싱을 위해 날다람쥐 포지션을 취하던 때가 떠올랐다. 순간 수많은 관중의 함성과 환호 소리가 귓전에 들리는 것 같았다. 수현의 인생을 바꿔버린 그날이었다. 그 일 따윈 이제 잊어버려야 해. 수현은 속으로 자신에게 외치고는 양팔에 힘을 주어 순간적으로 위로 솟구쳤다.

"타일러! 타일러, 괜찮은 거야?"

수현은 유영을 하며 그의 이름을 여러 차례 불렀지만 아무 응답도 들리지 않았다. 숨은 가빴다. 심장이 EMU 밖으로 튀어나올 듯 두근거렸다. 가벼운 체중 덕분에 가스 분사 장치를 몇 번 쓰지 않았지만 생각보다 금방 격벽 근처에 도달했다. 그러나 타일러는 보이지 않았다. 오로지 아스틸베가 거대한 곡면의 격벽에 박혀 춤추듯 기분 나쁘게 진동하고 있었다. 동시에 EMU 시스템에서는 알 수 없는 위험이 감지되었다. 그 거대한 곡면은 강력한 힘으로 모든 것을 빨아들이는 것 같았다. 사람의 영혼마저도.

수현은 한참을 찾다 타일러가 사라진 지점에서 거대한 격벽에 손을 갖다 대고야 말았다. 호기심으로 가득 찬 욕망이, 이성의 통제력을 이긴 것이다. 이상하리만치 시원하고 따뜻한 기운이 손끝을 물들였다. 격자무늬는 나비처럼 팔락거리는 것 같기도 하고 심장박동처럼 뜨겁게 맥동했다. 격벽은 살아 움직이며 수현에게 무언의 말을 건네는 것 같았다.

도대체 이게 뭘까?

격벽에서 튕겨져 나온 아스틸베가 눈이 부실 만큼 강한 빛을 발했다. 돌연 아스틸베는 수현의 가슴팍으로 파고들었다. 순식간에 몸 전체가 광원이 된 듯 진달래 빛을 발했다. 낯익은 장면에 스스로 깜짝 놀라 소리를 질렀다. 수현은 경악하고야 말았다.

온몸이 감전된 듯 사지가 부들거리며 경련이 일어났다. 순간 무언의 영상이 머릿속을 헤집어놓았다. 찰나의 순간, 영겁의 우주의 역사가 파노라마처럼 눈앞에 펼쳐졌다. 수현은 허공에서 몸을 버둥거렸다. 환영에서 벗어나려 힘껏 손을 휘둘렀지만 허공만 가를 뿐이었다. 엄습한 공포에 숨이 막혔다. 질식하기 일보 직전, 고개를 들어보니 수현 옆으로 빛줄기가 나비가 날 듯 여유롭게 떠다녔다. 빛줄기로 이루어진 나비는 수현의 시선을 끌어당겼다. 그리고 곡면 너머의 거대한 은하의 팔로 수현을 인도했다. 동시에 형언하기 힘든 안도감이 긴 몽환을 널뛰던 수현의 심장과 사지에 스며들었다.

당혹스런 안도감.

수현이 머리를 들었다. 수천만 년, 아니 수억 년의 기억과 시간이 펼쳐졌다. 태양계에 이룩된 모든 문명과 희망, 환희가 온 우주에 물결치듯 퍼져 나갔다. 태양은 열대의 꽃처럼 순식간에 화려한 광채로 피어났다 한순간에 사그라들더니 더 거대하고 화려한 항성으로 부활했다. 태양은 죽음과 부활을 수억 번 반복했다. 그와 함께 수많은 문명과 새로운 형태의 생명체들이 태어나고 진화하고 명멸했다.

"이제… 알 것 같아."

수현은 혼잣말처럼 중얼거렸다. 필립의 말이 떠올랐다.

만물 위아래 머무는 브라흐만을 깨닫는 순간 마음을 얽어매던 매듭이 풀리고 모든 의심이 사라지며 모든 속박에서도 벗어나리라. 브라흐만 위에 하늘과 땅 그 사이의 모든 것과 마음과 육체가 다 짜여져 있노라. 공허한 말들은 이제 훨훨 날려버리리. 영원을 가로막는 사막은 티끌처럼 사라졌을 뿐이니. 감각 위에 의식이, 의식 위에 순질이, 순질 위에 찬란하고 위대한 아트만이 있고 그 위에 최상위의 미현현이 있노라.

"그래, 나도 이제 알 것 같아. 미현현이란…."

그 순간 지구에 두고 온 가족이 떠올랐다. 여보, 그리고 우리 귀염둥이 성진, 아린.

그러나 지금이 아니면, 타일러와 다른 동료들을 구할 수 없다.

두 가지 명제가 그녀의 머릿속을 온통 뒤흔들었다. 당장 선택을 해야 했다.

지금 결정해야 한다고!

스스로에 대한 명령이 뇌리에 메아리쳤다.

우주엔 끝이 있지.

하지만 가장 마지막에 든 생각은, 우주란 것은 결국 무엇일까 하는 근원적인 질문이었다. 태양계란 결국 무엇인가. 태양계 너머는 무엇도 존재하지 않을지도 몰랐다. 우리가 아는 그 모든 게 사실 존재하지 않을지도 몰랐다.

성스런 임무….

타일러가 중얼거리던 소리가 머릿속을 울렸다.

지금이 아니면, 저편 너머의 비밀을 알 길이 없었다. 수현은, 껍데기 밖을 벗어나고 싶었다.

또 한 번 빌어먹을 호기심이 이성적 판단을 이기는 걸까? 떨리는 손끝을 격벽에 살짝 갖다댔다. 몸에 흡수된 아스틸베가 울긋불긋 꿈틀거리자 몸 여기저기서 진달래 같은 빛이 거세게 새어나왔다. 그러자 수현은 모든 정신작용이 무한대로 확장되는 기분이었다. 이내 몸 전체에서 진달래색 광채가 방사되었다.

수현은 깨달았다. 동료를 구할 수 있는 것은 자신밖에 없다며 여기까지 온 것은 허울뿐임을. 수현에게 지금 이 순간 가장 중요한 것은 끓어오르는 궁금증이었다. 타일러가 천지개벽한 듯한 얼굴로 말했던 미현현이란 대체 무엇일까?

수현은 거대한 곡면을 향해 팔을 뻗었다. 기묘한 전율이 손끝을 타고 손등으로 올라왔다. 이내 그 기운은 손목과 팔꿈치를 따라 겨드랑이까지 이르렀다. 한 번 숨을 크게 들이쉬고는, 침착하게 고개를 격벽 안쪽으로 들이밀었다.

수현은 곡면 안으로 서서히 흡수되었다.

작가의 말

이 이야기는 아주 오래전 누군가에게 건넨 농담에서 출발한다. 당시에 SF영화 이야기를 하면서 태양계 끝자락을 모험하는 탐사대의 이야기가 재미 있을 것 같다는 식으로 말했던 기억이 난다. 그때는 막연히 미지의 진실에 맞닥뜨리는 사람들의 혼란을 그린 흥미 위주의 줄거리였는데, 그게 씨앗이 되어 이렇게 소설로 완성될 줄이야. 우여곡절 끝에 SF 작가가 된 본인으로서는 감회가 새롭고 뜻 깊은 작품이라고 할 수 있다. 특히 첫 장편 SF이기 때문에 더욱 그렇다. 여담이라면 나는 30살까지 단 한 번도 작가가 되리라는 생각을 해 본 적이 없다. SNS에서 밝히기도 했지만, SF 작가가 된 것은 내 인생에 있어 가장 의외의 일이자 최고로 멋진 선물이다.

껍데기는 카이퍼벨트 모이라이 소행성계에 특수한 임무를 띤 라온제나호에서 벌어지는 이야기다. 소설의 미래는 다소 디스토피아적이다. 새로운 미래를 위해 건설되었던 화성의 바이오스피어와 그 정착촌들은 혼란과 실패로 끝났고, 지구의 상황도 별반 다를 게 없다. 급기야 지구 정부들의 우주 개발 결사체인 비타 카엘럼(Vita Caelum, '생명의 하늘'을 의미하는 라틴어)은 휠체어를 타는 왕년의 스페이스 레이싱 챔피언 출신의 수현과 우주 토양 광물학자 이니샤의 제안을 받아들여 카이퍼벨트 모이라이 소행성계에 우주선 '라온제나(순한글말로 '즐거운 우리-나'를 뜻함)호'를 파견하게 된다. 그들의 핵심 임무는 라온제나호에 탑재된 생명의 근원 바이오스피어3를 소행성 표면에 안착시키고 제주도 크기의 인공태양을 모이라이의 궤도에 띄워 전혀 새로운 방식의 심우주 테라포밍을 시도하는 것이다. 그러나 2년의 여정 끝에 목적지에 거의 이르렀을 무렵, 라온제나호는 뜻하지 않게 미지의 소행성에 난파하게 된다. 소행성에서 우연히 발견된 돌 '아스틸베'에서 방사되는 신비하고 황홀한 빛에 매료되는 것도 잠시, 우주선에는 원인을 알 수 없는 일들이 잇따라 일어난다. 강민의 갑작스런 죽음과 식물들의 이상 생육, 수현이 가장 아끼는 침팬지 '필립'의 무자비한 공격에 이르기까지 우주선은 일대 혼란의 소용돌이에 휩싸이게 된다는 이야기다.

소설을 이미 읽어 본 분들을 알겠지만 가까운 미래에 일어 날 법한 것을 과학적 상상력과 약간의 판타지를 가미하여 다층적으로 풀어나가려고 의도했다. 단일한 이야기가 아닌 읽는 사람에 따라 카멜레온의 피부색처럼 다르게 보이고 느껴지는 드라마 투르기(Drama Turgie)로서 말이다. 소설은 SF스릴러와 SF호러의 형식을 차용하여 인간의 본질과 우주라는 거시적 주제에 대해 효과적으로 전달하고 싶었다. 본 작품은 무엇보다 그 제목처럼 '껍데기'에 대해 다루고 있다. '껍데기'는 우리 마음속에 내재하는 그 무엇일 수도 있고 나와 그 주변의 유무형의 경계나 속박일 수도 있다. 혹은 지구권 그 자체가 될 수도 있고 또는 시야를 더 넓혀 태양계나 은하계 전체가 '껍데기'일 수도 있을 것이다. 또는 아예 범위를 좁혀 양자역학적인 초미시적 세계라고도 할 수 있다. 이러한 껍데기를 바라보는 시점도 각기 다르지 않을까? 누구는 코쿤족처럼 껍데기 속에 안주하며 살기를 바랄 수도 있겠지만, 또 어떤 이는 자신을 옥죄는 껍데기를 벗어나려 할 수도 있겠다. 소설의 주인공 수현처럼 말이다. 인간이란 존재는 본인이 원하든 원하지 않든 껍데기에 결부된다. 외부와 내부를 가르는 껍데기는 자아를 이루는 요소이기 때문이다. 인류가 지구를 벗어나 우주로 향하는 꿈을 품는 것도 그러한 연유일 것이다. 이러한 근원적 질문들을 던지는 글이 바로 껍데기다.

껍데기를 벗어나는 과정은 만만치가 않을지도 모른다. 본 작품에서는 지구를 벗어난 인간들이 광막한 우주공간에서 맞닥뜨린 예기치 않은 일들과 의도치 않은 큰 혼란 그리고 궁극적 진실에 직면하게 되는 과정을 상세하게 그리려 했다. 대원들은 그 원인을 찾으려다 갈등을 겪고 심지어는 서로를 향해 반목하기도 한다. 이것은 미지의 진실에 한 발짝 더 다가가기 위해서는 큰 희생을 수반한다는 것을 뜻한다. 우리의 평범한 일상에서 잘 느껴지지는 않을지라도 인간의 역사를 통틀어 볼 때 이러한 상황을 자주 접할 수 있다. 어쩌면 필연적인 과정이 아닌가 하는 생각도 든다. 또한 우리 인생에서도 자주 일어나는 것일지도 모른다. 그것의 결과가 좋을지 나쁠지는 아무도 모르지만 인간이란 그럼에도 껍데기를 벗어나 진실을 추구하려는 존재인 것 같다.

이 소설의 결말은 특히 중요하고 이야기의 하이라이트라고 할 수 있겠다. 우주란 인간의 이성을 완전히 뛰어넘는 도저히 이해할 수 없는 광막한 시공간이란 것을 말하고 싶었지만, 결말은 최대한 열린 것으로 두고 싶었다. 또한 그 속에서 인간이란 무엇이며 사람의 본질이 무엇인지를 고민하고 싶었다. 분명히 얘기하지만 이 소설은 시뮬레이션 우주론을 이야기하는 것은 아니다. 결말은 일종의 메타포다. 가장 심혈을 기울인 것이 결말인데, 읽으시는 독자님들이 결말이 왜이래? 이러다가도, 왜 자꾸 그런지 다시 생각이 나고 곱씹어볼 수 있다면 영광이겠다. 작가의 의도가 어떻든, 독자 여러분들이 재미있게 읽으시고 스스로의 관점에서 생각을 정리할 수 있다면 그것 자체가 큰 보람이다. 또한 바람이 하나 더 있다면 다 읽으시고 난 다음 나름대로 여러분들의 삶에 작은 여운으로 스며들었으면 한다.

아울러, 이 소설이 완성되도록 지난 1년 넘게 애써주시고 아낌없이 지원해준 고블 이동하 편집자와 편집팀 선생님들께 심심한 감사의 말씀을 전하고 싶다. 정말 이 분들의 도움이 없었다면 처음에 제안드렸을 때 중편이었던 작품이 어떻게 장편 SF소설로 탄생했을까 싶다. 소설의 초안을 완성하기 위해 들였던 긴 시간과 편집팀과 함께했던 지난 1년이 주마등처럼 스친다. 또한 굉장히 바쁘신 일정 중에도 아낌없는 찬사로서 흔쾌히 추천사로 함께해주시고 응원해주신 『작은 땅의 야수들』의 김주혜 작가님과 물리학자 김범준 교수님께도 진심으로 감사의 말씀을 올린다. 뿐만 아니라 소설이 완성될 수 있도록 신경 써주시고 도와주신 모든 분과 성원해주신 독자님들께 다시 한 번 고마움을 전하며 이만 줄인다.

2023년 5월
이재호